लोई का ताना

लोई का ताना

राँगेय राघव

ISBN : 9788170287186

संस्करण : 2016 © सुलोचना रांगेय राघव

LOI KA TANA (Novel) by Rangey Raghav

राजपाल एण्ड सन्ज़

1590, मदरसा रोड, कश्मीरी गेट-दिल्ली-110006

फोनः 011-23869812, 23865483, फैक्सः 011-23867791

e-mail : sales@rajpalpublishing.com

www.rajpalpublishing.com

www.facebook.com/rajpalandsons

भूमिका

प्रस्तुत ग्रन्थ में कबीर की झाँकी है।

वैसे कबीर के जीवन-सम्बन्धी तथ्य अधिक नहीं मिलते। मैं उनके साहित्य को पढ़कर जिन निष्कर्षों पर पहुँचा हूँ उन्हीं को मैंने उनके जीवन का आधार बनाया है। कबीर पहले निम्नजातीय हिन्दू बनकर रहना चाहते थे। पर रामानन्द की दीक्षा के बाद वे जात-पाँत की ओर से संदिग्ध हो गए। वे पहले अवतारवाद मानते थे। फिर वे निर्गुण की ओर झुके। फिर योगियों के रहस्यवाद और षट्चक्र साधना आदि की ओर। बाद में वे सहज साधना में चमत्कारवाद से आगे बढ़ गए। अन्त में तो वे एक नई भूमि पर पहुँच गए जिसका वर्णन यहाँ मैंने किया है। कबीर को लोगों ने गलत समझा है। कबीर में सूफीमत, वेदान्त, रहस्यवाद, नारीनिन्दा तथा अनेक बातें हैं जैसे संसार की असारता पर जोर, मायावाद आदि का वर्णन, पर ये अनेक विकास की मंज़िलें हैं। वे धीरे-धीरे आगे बढ़ गए हैं। वे कितने बढ़ गए थे यह समझना तब और भी अधिक आश्चर्य देता है जब हम सोचते हैं कि वे आज से सैकड़ों बरस पहले थे। कबीर के चेलों ने ब्राह्मणों की नकल की। कबीर के विद्रोह और सत्य को दबा दिया गया। कबीर इतिहास में एक उलझन बन गया। आचार्य रामचन्द्र शुक्ल ब्राह्मणवादी आलोचक थे। उन्होंने कबीर को नीरस निर्गुणिया कह दिया। वे कह गए हैं कि कबीर ने कोई राह नहीं दिखाई। कबीर ज्ञान को रहस्य में डुबाता था। साधारण जनता कबीर को समझ नहीं सकी।

यह सब ब्राह्मणवादी दृष्टिकोण है अतः त्याज्य है। अवैज्ञानिक है।

कबीर निर्गुण के परे थे। कबीर ने जो राह दिखाई वह मानवता को कल्याण की ओर ले जानेवाली थी। वे भारतीय संस्कृति के नाम पर भेदभाववाले ब्राह्मणवाद को नहीं मानते थे। वे इस्लाम का विरोध करके भी उससे घृणा नहीं करते थे, और उसे मुक्ति का पथ भी नहीं समझते थे। कबीर ने जनता का दलित जीवन देखा था, तुलसीदास की भाँति नहीं, एक जुलाहे की भाँति। वे सगुण ईश्वर को मानकर ब्राह्मणवाद के नियमों में बंध नहीं सके। पर उनका रहस्य भी ऐसा न था कि वे

संसार को छोड़ देते। घर में पत्नी थी, पुत्र था। पर पत्नी और पुत्र के ही लिए डूबे रहकर दूसरों का गला काटना वे माया कहते थे। कबीर ने कहा कि इन्सान को किसी रूढ़ि की जरूरत नहीं, वह ईश्वर के लिए झगड़े, यह व्यर्थ की बात है। ईश्वर रहस्य इसीलिए है कि मनुष्य अपनी सीमित बुद्धि से उसे जान नहीं सकता, जो जानकार बनते थे उनको उन्होंने झूठा कहा। कबीर ने ही कहा था कि प्यारे, आसमान पर ताकना छोड़ दे। मन की कल्पना और भरमना छोड़ दे।

ये क्या शून्यवादी के शब्द हैं ?

कबीर ने दूसरों के बल पर खानेवाले साधुओं का घोर विरोध किया था। वे तो मेहनत का खाना चाहते थे। साधारण जनता ने कबीर को समझा था। उसीने कबीर को मुल्ला, पंडित, जोगी आदि के पुरोहित वर्ग और सत्ताधारियों से बचाया था। पर बाद में कबीरपंथियों ने कबीर को मिटा दिया। परवर्तियों में कबीर को चमत्कारों से ढक दिया गया।

कबीर ने हिन्दू-मुसलमानों दोनों को नितान्त निम्नजाति के आदमी की आँखों से देखा था। पर चेले पढ़े-लिखे थे। उस समय मुसलमान शासकों की शक्ति भी बढ़ गई थी। सारी भारतीय जातियों का संगठन हो रहा था। निम्नजातीय जनता के रूप में कबीर के अनुयायी भी दलित थे। शासन मुस्लिम था। अतः इस्लाम पर अत्याचारों के नाम चढ़ते थे। उस समय कबीर पंथ हिन्दू मत ही बन गया था।

कबीर ने तो भारत के सांस्कृतिक जन-जागरण की नींव डाली है। उसके युग के बन्धन थे, और उनकी उसपर छाप है। वह धीरे-धीरे विकास करके कितना आगे आ गया था !

भाषा में उसने क्रान्ति की। बिल्कुल जन-भाषा बोली। तुलसी की भाँति वक्त-बेवक्त की बैसाखियाँ नहीं लगाई। तुलसी के देवता आखिर संस्कृत बोलते थे। कबीर ने जनता के उपमान लिए और जीवन के अच्छे आचरण पर—सामाजिक-आचरण पर जोर दिया। जहाँ तुलसीदास सारे अनाचार की जड़ कलि को मानते थे, कबीरदास कलि का नाम नहीं लेते। वे तो मोह-लोभ-दम्भ और धन को ही इस माया और अनाचार का मूल मानते हैं।

कबीर का मुख्य सन्देश प्रेम का है।

अब प्रस्तुत पुस्तक के बारे में कुछ और बातें साफ कर दूँ।

कबीर पढ़े-लिखे न थे। कविता लिखते नहीं थे। वे तो फौरन सुनानेवालों में थे। लोग लिखा करें, उन्हें इससे बहस नहीं थी। वे तो कह देते थे। इसीसे मैंने उनकी कविताएँ उनके मुँह से परिस्थतियों के बीच में सुनवाई हैं।

दूसरी बात है कमाल के द्वारा कथा कहलवाना।

कमाल कबीर का पुत्र था। कमाल के बारे में प्रसिद्ध है—

बूड़ा बंस कबीर का,

जब उपजा पूत कमाल।

परन्तु यह विद्वानों द्वारा कबीर की पंक्ति नहीं मानी गई। कमाल के बारे में किंवदन्ती है कि कबीर के बाद जब उसने पिता के नाम पर पंथ चालू करने से इंकार कर दिया तो कबीर के चेलों ने उसे ऐसा नाम दे दिया। कबीर की पत्नी लोई थी। कबीर की कविताओं में उसका नाम है।

तथ्यों के अभाव में कबीर के जीवन का पूरा चित्र देने में कमाल ने सहायता दी है। पहले कमाल उपसंहार में अपनी परिस्थिति बताता है। तब कबीर मर चुका है और पंथ बन गया है। 'उपसंहार से पहले' में कबीर की मृत्यु के बाद गुरु की कविताओं को सुनाकर आपस में लड़नेवाले चेलों का वर्णन है। फिर 'आरम्भ' तक कबीर के विशेष रूप हैं। मरजीवा वाला अध्याय कबीर की महानता, नया पथ और उसके चिन्तन को स्पष्ट करने को है। अन्तिम अध्याय में कबीर के जीवन के मोड़ हैं।

कमाल ही बोलता है। मैं नहीं बोलता। अपने युग के बंधनों में रहकर जो कमाल कह सकता है वह कहता है, बाकी मैं भूमिका में कहे दे रहा हूँ। कबीर निस्संदेह तत्कालीन जीवन में क्रान्ति का बीज था। दुर्भाग्य से बाद में फिर वह वर्गसंघर्ष जातिसंघर्षों में दब गया। तब वर्गसंघर्ष का मतलब वर्णसंघर्ष ही था।

—रांघेय राघव

उपसंहार

'मैं कमाल हूँ। मेरे बाप का नाम कबीर था और माँ का नाम लोई था।'

'तुम क्या करते हो ?'

'काशी में जुलाहे का काम करता हूँ।'

'फिर यहाँ क्यों आए हो ? यह तो हरिद्वार है !'

'जानता हूँ, लेकिन क्या करूँ ? भटका फिरता हूँ।'

'क्यों, ऐसी क्या मुसीबत आ गई तुमको।'

'मैं तुम्हें कैसे बताऊँ ?'

'शादी हो गई ?'

'नहीं।'

'तो बताने को बाकी क्या रह गया ! घर में प्रबन्ध नहीं है तो अपने-आप साधु बन जाओगे। लेकिन कबीर का नाम तो हम लोगों ने सुना है। वह तो आदमी साधु था न ?'

'हाँ, सन्त थे और कवि थे।'

'अच्छा ! कविता भी करता था ?'

'अरे क्या तुम काशी कभी नहीं गए ?'

'मैं तो और भी ऊपर ऋषीकेश में रहता हूँ।'

'तुमने उनका नाम नहीं सुना ?'

'सुना तो सही। पर उधर तो हम पण्डों में उसकी तारीफ नहीं है। वह तो मठों और मंदिरों का शत्रु था। हमने तो यही सुना था कि आदमी बड़ा अक्खड़ और फक्कड़ था।'

कमाल हंसा।

पण्डा चौंका। पूछा, 'क्यों हँसते हो ?'

'मैं यही तो सोचता था।'

'क्या ?'

'तुम कहते हो वह गद्दीदारों का दुश्मन था। ठीक यही न ?'

'हाँ-हाँ।'

'और जानते हो, काशी में उनके चेलों ने क्या किया है ?'

'नहीं।'

'उन्होंने कबीर के नाम पर ही पंथ चला दिया है, गद्दी लगा बैठे हैं।'

कमाल फिर हँसा, उसकी आवाज में व्यंग्य और विक्षोभ था। पण्डा कुछ ताज्जुब में आ गया।

कमाल ने फिर कहा, 'जानते हो उन्होंने मुझसे क्या कहा ?'

'क्या कहा ?'

'कहने लगे—कबीर का बेटा कमाल ही लायक आदमी है, वही कबीर साहब की जगह अब उनके मन्त्र का प्रचार कर सकता है।'

'कैसा मन्त्र ?' पण्डा ने पूछा, 'मन्त्र का अधिकार तो ब्राह्मण को है !'

'तो तुम्हारी मन्त्र-परम्परा तुम्हें ही मुबारक हो पण्डित ! मेरा बाप तो कभी इन चीजों से प्रभावित नहीं हुआ और फिर मैं कैसे होता ?'

'क्यों नहीं, आखिर तो बाप का बेटा ठहरा !'

'मैंने कहा—नहीं बाबा ! मुझे गद्दी-वद्दी नहीं चाहिए। मेरा बाप गद्दीधारियों के ही खिलाफ तो जन्म-जिन्दगी लड़ता रहा।'

'अरे तुम जुलाहे हो ! तुम्हारी बयणजीवी जातियाँ पंजाब से लेकर बंगाल तक धीरे-धीरे मुसलमान हो गई हैं।'

'क्यों न हों ? पण्डित ! क्या कोई बुरा काम करते हैं जुलाहे ! तुमने उन्हें नीचा समझा तो वे क्या करते ?'

'अरे तुम शाक्त, वाममार्गी, देवीपूजक ! ब्राह्मणों के पुराने विरोधी ! ! मुसलमान न होओगे तो क्या करोगे ?'

'मैं एक बात पूछ लूँ पण्डित !'

'पूछो।'

'बताओ ! हिन्दुओं में जो नीचे हैं, पर मुसलमान नहीं हुए, वे कहाँ रहें ?'

'वे शुद्र हैं।'

'तो जो मुसलमान हो गए वे ?'

वे धर्मनाश करके म्लेच्छों के, यवनों के दास बन गए, उन्होंने तो अपने यह लोक और वह लोक दोनों बिगाड़ लिए।'

कमाल ने कहा, 'यही मेरे पिता कहते थे। वे कहते थे कि भाइयो ! तुम नीच माने जाते हो। हिन्दू अपने देश के वासी हैं। वे तुम्हें नीच मानते हैं।

मुसलमान शासक परदेशी हैं। अगर वे तुम्हें मुसलमान बनाते हैं और तुम मुसलमान बनकर अपने को आज़ाद समझने लगते हो, तो क्या उससे समस्या का हल हो जाता है ?'

'क्या मतलब ?'

'अरे यह तो साफ है। मान लो मैं जो जुलाहा हूँ हिन्दुओं में नीच माना जाता हूँ। अगर मैं मुसलमान हो जाता हूँ तो हिन्दू मुझे बात-बात में दबा नहीं सकते, लेकिन फिर भी आदमी-आदमी के बीच दरार बढ़ती चली जाती है।'

'कैसी दरार ? यह दरार आज की है ? सनातन काल से भगवान ने यह दरार बना रखी है रे जुलाहे।'

'भगवान ने कि आदमी ने ?'

'आदमी ! आदमी क्या होता है ? आदमी तो निमित्त है, जो होता है वह असल में उसीकी इच्छा है।'

'लेकिन मेरे पिता कहते थे...'

'अरे तेरे पिता कहते थे !! उसने शूद्रों और जुलाहे-कोलियों की भीड़ इकट्ठी कर ली, वर्ना जुलाहे का क्या कहना, क्या न कहना। हिश्, क्या समय आ गया है ! प्रभु ! कैसा कलि का प्रकोप है ! अभी तक वे नाथ जोगी थे, उनकी मुसीबत थी, अब यह एक नई परेशानी खड़ी हो गई। क्यों रे ? तेरा बाप सहजयानी था ?'

'नहीं।'

'तो ?'

'वह आदमी था।'

'यानी बाकी सब जानवर हैं ?'

'यह तो मैंने नहीं कहा।'

'तो फिर तेरा मतलब क्या था ?

'मैं तो सिर्फ यही समझा हूँ कि बाकी सब लोग जात-पाँत धर्म-भेद और सम्प्रदायों में बँटे हुए हैं। किसी पुरानी विरासत से बँधे हुए हैं। मेरा बाप कहता था कि इन सब बन्धनों से परे भी एक सत्य है।'

'वह क्या है ?'

'मनुष्य !'

'तो तेरे बाप का अर्थ था कि यह पवित्र भारत भूमि, यह देवभाषा, यह भव्य मन्दिर, यह प्राचीन मर्यादा, सबको छोड़कर मुसलमान बन जाया जाए !'

'नहीं।'

'तो ?'

'उनका कहना था कि जिस तरह हिन्दू अपने भेद-भावों में फँसे हुए हैं, उसी तरह मुसलमान भी अपने दूसरे ढंग के घमण्ड में चूर हो रहे हैं। इन दोनों को असली मर्म नहीं मालूम।'

'वह तो सिर्फ तेरे बाप को मालूम था ? उसका मतलब यह है कि मुसलमान आते हैं, आ जाने दो। ठीक ही तो है। जुलाहे का क्या जाएगा ? जुलाहा कभी राजा तो बनेगा नहीं। अरे जो कुलीन हैं, जो अधिकारी हैं, उनकी क्या परिस्थिति होगी ?'

कमाल मुस्कराया।

'क्यों हँसता है रे जुलाहे ?'

'पंडित ! ठीक बात है। मेरा बाप यही कहता था।'

'क्या कहता था ?'

'यही कि जिनकी जात नीच है उनके लिए ये ब्राह्मण और ये मुल्ला, दोनों समान हैं। वे हिन्दू समाज के जात-पाँत के भेद को देखकर फूट डालकर अपने फायदे के लिए लोगों को मुसलमान बनाकर उनका इस्तेमाल करते हैं, और इस तरह संस्कृति और धर्म की रक्षा के नाम पर, नीचों को ऊपर उठने के अहंकार के नाम पर हिंसा पलती है, घृणा बढ़ती है। वह मनुष्य को फिर जातियों में बाँटती है और छुआछूत बढ़ती है।'

'अरे जा-जा जुलाहे के निखट्टू पूत ! तेरी ये मजाल कि हम ब्राह्मणों को तू सबक देने लगा ? प्रभु ! इस कलि में क्या-क्या नहीं होगा !'

'महाराज ! व्याकुल न हों, मैं स्वयं चला जाता हूँ।'

'अरे अब तू जाकर भी क्या करेगा जुलाहे ? तेरा बाप तो सत्यानाश के बीज बो गया ! क्यों रे ! मैं पूँछता हूँ, काशी में क्या धरम नहीं रहा ? इतने-इतने दिग्गज विद्वान वहाँ रहते हैं ? उन्होंने नहीं रोका उसे ?'

'उसे किसने नहीं रोका। ब्राह्मण देवता ? उसे सुल्तान लोदी ने रोका, मुल्लाओं ने रोका, महन्तों, मठाधीशों ने रोका, उसे पेशेवर साधुओं और संन्यासियों ने रोका, उसे नाथ जोगियों ने घोलकर समाप्त कर देने की कोशिश की, लेकिन वह !! वह नहीं मिटा। न सुल्तान की तलवार उसे काट सकी, न मुल्लाओं के फतवे उसका सिर झुका सके। महन्तों, मठाधीशों और पंडितों की जीभ उसके सामने लड़खड़ा गई। उसने मुक्तखोर साधुओं को बताया कि ज़िंदा रहते हो तो हाथ-पैरों से कमाकर खाओ, उसने नाथ जोगियों से कहा कि नहीं, स्त्री पाप नहीं है, वह घृणित नहीं है। उसने सूफियों के उस छद्मवेश को प्रकट कर दिया जिसकी

आड़ में वे इस्लाम का प्रचार किया करते थे। वह मेरा बाप कबीर था ! वह मेरा बाप कबीर था !'

'अरे, तेरा न था तो क्या मेरा था ! तू तो ऐसा खुश हो रहा है जैसे जैन अपने तीर्थंकर की याद करके मग्न हो जाते हैं।'

'यही तो मुझे साले डालता है।'

'क्या भला ?'

'कबीर के चेले कबीर की हत्या कर रहे हैं।'

'सो क्यों ?'

'वे कबीर को अवतार बनाने की ही कोशिश कर रहे हैं और झूठे चमत्कारों को दर्ज कर-करके वे कबीर को गिराने की कोशिश कर रहे हैं। वे बड़प्पन की एक ही कल्पना करते हैं। जो आज बड़े कहलाते हैं उनकी नकल करके उन जैसा हो जाना ही उनकी दृष्टि में महानता है, जब कि ये बड़े कहलानेवाले, उनके बड़प्पन के ढंग, ये सब बहुत छोटे हैं...सब बेकार हैं...'

अरे चल-चल...सिर पर ही चढ़ा जाता है। दूर हो जा मेरी आँखों के सामने से ! हँसता है ? कमबख्त ! दूर हो जा।'

'हँसता हूँ तुम्हारा छोटापन देखकर पंडित ! यह सब कुछ बदल जाएगा। सब कुछ बदल जाएगा। ये सब छोटे सत्य हैं। अविनाशी-अव्यक्त पुरुष का सत्य इन सबसे परे है। उसका तत्व समझना मनुष्य के लिए कठिन है, क्योंकि वह अपनी ही रूढ़ियों में बँधा हुआ है। उसको तो माया और अहंकार ने बाँध रखा है। मैं स्वयं चला जाता हूँ। जहाँ, जहाँ भी मैं जाऊँगा यही कहता फिरूंगा। मैं चला जाऊँगा, पर मेरा एक गीत सुन लो ब्राह्मण देवता।'

'नहीं, मुझे नहीं सुनना है कुछ !'

'अच्छा, मैं जाता हूँ, गाता जाऊँगा, जो सुन सको वह यहीं बैठे-बैठे सुन लेना।'

कमला बाहर आ गया और गाने लगा—

सुनता नहीं धुन की खबर,

अनहद बाजा बजाता।

रस मन्द मन्दिर गाजता,

बाहर सुने तो क्या हुआ।।

गाँजा अफीमो पोस्ता

भँग औ' शराबें पीवता।

इक प्रेमरस चाखा नहीं
अमली हुआ तो क्या हुआ।।
कासी गया औ' द्वारका
तीरथ सकल भरमत फिरै।
गाँठी न खोली कपट की
तीरथ गया तो क्या हुआ।।
पोथी किताबें बाँचता
औरों को नित समझावता।।
त्रिकुटी महल खोजै नहीं
बक-बक मरा तो क्या हुआ।
काजी किताबें खोजता
करत नसीहत और को।
वाकिफ[1] नहीं उस हाल से
काजी हुआ तो क्या हुआ।।
सतरंज चौपड़ गंजिफा
इक दर्द[2] है बदरंग की।
बाजी न लाई प्रेम की
खेला जुआ तो क्या हुआ।।
जोगी दिगम्बर से बड़ा
कपड़ा रँगे रंग लाल से।
वाकिफ नहीं उस रँग से
कपड़ा रँगे से क्या हुआ।
मन्दिर झरोखे राबटी
गुल चमन में रहते सदा।
कहते कबीरा है सही
घट-घट में साहब रम रहा।।
सुनता नहीं धुन की खबर
अनहद बाजा बाजता।।
संगीत दूर होता चला गया।

---

1. परिचित
2. निराकार

उपसंहार से पहले

बलूचिस्तान हिंगलाज में देवी मन्दिर के बाहर दो आदमी बातें कर रहे थे :

'तुम कहां जाओगे ?'

'मैं बड़ी ज्वालामुखी तक यात्रा करने जाऊँगा।'

'वह तो ईरान के भी पार है न ?'

'हाँ, कोहकाफ के पास है।'

'कोहकाफ ! वहाँ की तो परियाँ प्रसिद्ध हैं।'

'मैं वाममार्गी नहीं हूँ। मुझे परियों से क्या काम ?''

'स्त्री से काम सदा ही पड़ना चाहिए,' पहलेवाले ने कहा और कहते हुए मुस्कराया।

इसी समय घोड़े पर सवार आदमी आकर वहाँ उतरा। उसने मुँह पर साफे का छोर ऐसे बाँध रखा था कि ढाटा-सा लगता था।

'अरे कौन है भाई ?'

'मुझे नहीं पहचाना ?' कहकर उसने ढाटा खोल दिया।

'अरे !' पहलावाला आदमी हर्ष से उठ खड़ा हुआ–'जोगी कमलू ! तुम कब आए ?'

'आया हूँ यह तो देख ही रहे हो। पर तुम्हारी यह धूल बला की मुसीबत हो गई।'

'आओ, आओ ! काशी होके आया है तो आदमी ही न रहा।' पहलेवाले ने कहा।

'उज्झकनाथ !' आगन्तुक ने बैठते हुए कहा–'तुम नहीं समझोगे। मैं जो देखकर आया हूँ वह तुम्हें आखिर सुनाऊँ भी तो कैसे !'

'अरे सुनाते रहना, पहले गांजा तो पियो। इधर तो मैंने ऐसी आदत डाल ली है कि हाथ-भर ऊँची झल्ल उठा देता हूँ।'

वह अपने उस्तरे से मुँडे सिर पर हाथ फेरकर मुस्कराया और उसने उठने की मुद्रा में देखा।

जोगी कमलू ने गले में पड़ी मालाओं के गुरियों को उंगलियों से सुलझाया और ठोड़ी पर लटकती दाढ़ी को खुजाकर धीरे से कहा, 'मैं गांजा नहीं पीता।'

उज्झकनाथ चौंक उठा। कहा, 'क्यों! क्या तू अब वैष्णव हो गया ?'

'नहीं।'

'तो ?'

'उज्झकनाथ! जिसे हम सब कुछ समझते हैं, वह तो कुछ भी नहीं है।'

उज्झकनाथ नहीं समझा। कोहकाफ जानेवाले यात्री ने कहा, 'मेरा नाम हरनाथ है। मैं जात का हाड़ीमारंग हूँ। बंगाल का वासी हूँ। तुम क्या कहते हो ?'

'तुम्हें यहाँ आए कितने दिन हुए ?' जोगी कमलू ने पूछा।

'यहाँ तो मैं सात दिन पहले आया था। पर बंगाल छोड़े मुझे सात बरस हो गए।'

'फिर काशी में कब आए ?'

'समझ लो चार-पांच बरस बीत गए। काशी से मथुरा गया था। वहाँ बादशाह सिकन्दर लोदी की पचीस एक कोस पर लड़ाई हो रही थी। बदलगढ़ के चंदवार ठाकुरों से घमासान हो रही थी। मैं फिर जालन्धर चला गया। पठानकोट होता हुआ यहाँ आ गया हूँ।'

'तभी तुम नहीं जानते।'

'क्यों, गोपीचन्द के मठ की तरफ इधर से मैं सिन्ध जा सकता हूँ न ?'

'तुम तो कोहकाफ जा रहे थे ?' उज्झकनाथ ने कहा।

'अरे तो घूमकर चला जाऊँगा।' हरनाथ ने कहा–'तुम कहो, तुम काशी में क्या देख आए हो ?'

जोगी कमलू कुछ देर चुप रहा। फिर कहा, 'सतगुरु कबीर साहेब का स्वर्गवास हो गया।'

'कौन ? मैंने भी यह नाम सुना तो है। मुझे चित्तौड़ में कुछ जोगियों ने उसके बारे में बताया था।'

'उसके-उसके क्या करते हो जी। तुम्हें इज्जत से बोलना नहीं आता ?'

'हाँ, हाँ, अपनी बात तो यही है भाई। अभी कुछ दिनों पहले एक आई पंथी भैरों का चोला चढ़ाए हाथ में अग्यारी लिए मिला था, वह कहने लगा कि गुरु दत्तात्रेय और गुरु गोरखनाथ के बीच में आई महाराज का औतार हुआ। कहने लगा, वह बड़ा पहुँचा हुआ था। तुम भी उसीकी-सी बातें करते हो ?'

'नहीं, नहीं, मैं वह सब नहीं कहता। मैं तो सतगुरु कबीर साहेब की बात कहता था।'

'अलख निरंजन !' हरनाथ ने कहा–'आदेश ! आदेश !'

उज्झकनाथ ने चिलम में गांजा भरते हुए कहा, 'जय गुरु गोरखनाथ! अरे कमलू, तूने बताया नहीं, कि कबीर साहेब के मरने की ऐसी कौन-सी बात है

आखिर ? देख—

'इक लाल पटा एक सेत पटा

इक तिलक जनेऊ लमक जटा

जब नहीं ऊलटी प्राण घटा

तब छोड़ जाइगे लटा पटा।'

'बोल ! सुना !'

'वाह, वाह !' हरनाथ ने कहा—'चटपटनाथ तो चटपटनाथ ही थे। पर गुरु गोरखनाथ कह गए हैं—

'आवै संगै जाइ अकेला

ताथैं गोरष राम रमेला।।

काया हंस संग है आवा

जाता जोगी किनहुँ न पावा।

जीवत जग में मुवाँ मसाँण

प्राँण पुरिस कत कीया प्रयाँण

जाँमण मरणाँ बहुरि बिओगी।

ताथै गोरष भैला जोगी।'

कमलू जोगी इस समय मग्न-सा होकर उठा और नाच-नाचकर गाने लगा—

'सुगवा पिंजरवा छोरि भागा

इस पिंजरे में दस दरवाजा

दस दरवाजे किंवरवा लागा

अँखियन सेती नीर बहन लाग्यो

अब कस नाहि तू बोलत अभागा

कहत कबीर सुनौ भाई साधो

उड़िगो हंस टूटि गयो तागा

सुगवा पिंजरवा छोरि भागा।।'

हरनाथ और उज्झकनाथ आश्चर्य से देखने लगे। हरनाथ ने कहा, 'जोगी !'

परन्तु कमलू मस्त था। उसने कहा, 'जोगी ! जानते हो ! सद्गुरु ने धरती को पाप से उबार लिया। वे बड़े पहुँचे हुए थे। उनका-सा तो कोई हुआ ही नहीं।'

'क्या कहते हो ?' हरनाथ ने काटा—'गुरु गोरखनाथ अमर हैं। वे सुनेंगे तो अवश्य दण्ड देंगे।'

'देंगे तो सद्गुरु इस दीन की रक्षा करेंगे।' कमलू ने कहा।

'तुम गुरु गोरख पर सन्देह करते हो ?' उज्झकनाथ ने कहा, 'अरे सुनो—

'ॐ आदेश अलख अतीतं
          तदा न होती धरती न आकासं।
तदा काले सिंभू भई हमारी उतपन्य।
माता न लेबी दस मास भारं
          पिता न करिबा आचार विचारं
जोनी न आइबा, नाभि न कटाइबा
          पुस्तग पोथी ब्रह्म न बजाइबा।
तहाँ अलेष पुर पटणि अनोपम
          सिला तहाँ बैठे गोरषराई
तुम दमड़ी-चमड़ी का संग्रह करौ
          गुरु का सबद लै लै दोजिग भरौ।।
गुप्ती चक्र चलावौ हथियार
          पंडित बुंधि बहौत अहंकार।
ऊभा ते सिंध बैठ तै पाषाँण।
          श्री गोरख वाचा परवाँण।
अनन्त सिधाँ मैं रह रासि कही।
          गोदावरी कै मलै ऐसी भई।।'
'अहाहा,' हरनाथ ने चिमटा बजाते हुए दाद दी।
कमलू जोगी ने झूमकर गाया—
          'धुधमई का मेला नाहीं
                    नहीं गुरु, नहिं चेला
सकल पसारा जेहि दिन माँही
                    जेहि दिन पुरुष अकेला।
गोरख हम तबके वैरागी।
                    हमरी सुरति नाम से लागी।।
ब्रह्मा नहिं जब टोपी दीन्हा
                    बिश्नु नहीं जब टीका।
सिव सक्ती के जन्मौ नाँहीं,
                    जबै जोग हम सीखा।
सतजुग में हम पहिरि पाँवरी
                    त्रेता झोरी झण्डा

द्वापर में हम अड़वँद पहिरा
                कलउ फिरौं नव खण्डा।
काशी में हम प्रकट भए हैं
                परमानन्द   चेताए।
समरथ को परवाना लाए
                हंस   उबारन   आए।
सहजै सहजै मेला होइगा
                जागी   भक्ति   उतंगा।
कहैं कबीर सुनों हो गोरख
                चलो   सबद   के   संगा।'

हरनाथ खीझ उठा। उसने कहा, 'अरे जा-जा। बड़ा आया ब्रह्म का रूप बनकर।
सुन—यो कथंत गोरष जती।

                'वहाँ चलिबे का करौ विचार
                अगम अगोचर सुलप आकार।
घड़ा   देवरा   औघड़   देव
                तहाँ   जोगेस्वर   लाग्या   सेव।
पँच मेला मिल पूर्या नाद
                धरणि गगन बिच भई अवाज।
दीपक एक अषंडित बिन बाती
                तहाँ जोगेस्वर थाँपना थापी,
अगम अगोचर सकल, ब्रह्मंड,
                ता दीपग कै चरण न प्यंड
सिषा न नैन सीस नहिं हाथ,
                सो दीपक देख्या जती गोरखनाथ।'

कमलू जोगी ने दोनों कंधों को फड़फड़ाया और अब ताली बजा-बजाकर झूमता
हुआ गाने लगा—

                'झीनी झीनी बीनी चदरिया
                काहै कै ताना काहे कै भरनी
कौन तार से बीनी चदरिया
                इँगला पिंगला तानी भरनी
सुषमन तार से बीनी चदरिया।
                आठ कँवर दल चरखा डोले

पाँच तत्त गुन तीनी चदरिया ।

साँई को सियत दस मास लागै
ठोक ठोक के बीनी चदरिया ।

सो चादर सुर नर मुनि ओढ़े
ओढ़ि के मैली कीनी चदरिया ।

दास कबीर जतन से ओढ़ी
ज्यों की त्यों धर दीनी चदरिया ।

झीनी झीनी बीनी चदरिया ।'

तब वहाँ कमलू जोगी अकेला रह गया । उज्झकनाथ और हरनाथ चले गए थे । किन्तु कमलू का मन भर आया । उसे खेद था कि उन्होंने उसकी बात को सुना ही नहीं । यह तो एक प्रकार की जड़ता थी । यदि सामने ठहरने नहीं पाए तो उन्होंने सिर क्यों नहीं झुकाया ?

सद्गुरु की मृत्यु की वेदना और उपेक्षा ने उसे व्याकुल कर दिया । वह अपने को समझाने को गाने लगा—मानो वह अप्रत्यक्ष अहंकार को वायु में से भी हटा देना चाहता था—

'रमैया की दुलहिन लूटा बजार ।

सुरपुर लूट नागपुर लूटा
तीन लोक मचा हाहाकार ।

ब्रह्मा लूटे महादेव लूटे
नारद मुनि के परी पिछार ।

स्रिंगी की भिंगी करि डारी
पारासर कै उदर विदार ।

कनफूँका चिदकासी लूटे
लूटे जोगेसर करत विचार ।

हम तौ बचिगे साहब दया से
सबद डोर गहि उतरे पार ।

कहत कबीर सुनो भाई साधो
इस ठगिनी से रहो हुसियार !

रमैया की दुलहिन लूटा बजार ।'

गाते-गाते कमलू अपने को भूल गया ।

संध्या गहरी हो गई । घोड़ा हिनहिना उठा । कमलू उठ खड़ा हुआ और उसने घोड़े की पीठ पर हाथ फेरकर कहा, 'वह सचमुच गुरु था । वह सचमुच गुरु था ।'

और उसका गला रुंध गया। उसे कबीर साहेब के अन्तिम दर्शन याद आ रहे थे और फिर उसके होठों से हल्का-सा शब्द निकला—'सदगुरु सदगुरु—

रात और उतर आई।

सूर्यास्त हो गया

मैं कमाल ही हूँ। मैं उस दृश्य को भूल जाना चाहता हूँ परन्तु भूल नहीं पाता। क्या करूँ ?

पिता ने अपने सफेद केशों पर हाथ फेरकर कहा, 'बेटा कमाल !'

मैंने कहा, 'दादा, तुम थक गए होगे। कब तक बुनते रहोगे ? क्या तुम मुझपर अपना भार एक दिन भी नहीं छोड़ सकते ?'

झोंपड़े में निस्तब्धता थी। पिता ने करुणा-भरी आँखों से देखकर कहा था, 'बेटा ! जब तक आदमी जिए, उसे काम करना चाहिए। अपने पेट के लिए काम तो करना जरूरी है। हाथ-पाँव काम करते रहते हैं तो चलते रहते हैं, उन्हें हराम के खाने की आदत नहीं डालनी चाहिए।'

'थोड़ा आराम कर लो, दादा !' मैंने फिर कहा था। उन्होंने कहा, 'बेटा, तू नहीं मानता तो यही सही।'

मैंने उन्हें खाट पर लिटा दिया था। उनका शरीर पतला-दुबला था। मूँछें सफेद थीं। पाँच दिन की बढ़ी हुई सफेद बालोंवाली दाढ़ी बड़ी अच्छी-सी लग रही थी। वे तब सौ से ऊपर थे। मैं बुनता रहा। उस समय उन्होंने कहा, 'कमाल।'

'हाँ, दादा।'

'बेटा, तू डरता है ?'

'किससे ? दादा ?'

'मौत से ?'

मैं डर गया था। पूछा था, 'ऐसा क्यों कहते हो ? मैं तो डर रहा था, उसी दिन से डर रहा था जिस दिन तुमने भरी सभा में कहा था कि अगर काशी में मरने से स्वर्ग मिलता है, तो तुम्हें वह स्वर्ग नहीं चाहिए। तुमने कहा था कि मगहर ही में मरूँगा, भले ही गदहे का जन्म लेना पड़े।'

'तू इस सब में विश्वास करता है, बेटा,' उन्होंने लेटे-लेटे कहा था—'बुद्धि से सोचकर देख। तू ही बता। काशी अगर महादेव की है, और महादेव सर्वव्यापी है, तो मगहर क्या महादेव का नहीं है ?'

'क्यों नहीं होगा ?'

'फिर एक स्थान में पुण्य क्यों, दूसरे में पाप क्यों ?'

'ठीक तो है दादा ! यह तो गलत है।'

'काशी के पण्डे लोग इस तरह प्रचार करके यहाँ आकर मरनेवालों की संख्या बढ़ाते हैं और खूब धन कमाते हैं, इसके अतिरिक्त इसमें कोई सत्य नहीं है।'

'जाने दो दादा।' मैंने कहा था–और फिर काम में लग गया था। कुछ देर बाद पिता ने कहा था, 'कमाल बेटा !'

'हाँ, दादा !'

'आज काम बन्द कर दे।'

'क्यों दादा !'

'बेटा! अब मैं जा रहा हूँ।'

'कहाँ ?'

'वहाँ जहाँ सब ही एक दिन चले जाते हैं, और जाने के बाद फिर कभी लौटकर नहीं आते।'

'क्या कहते हो दादा ! क्यों बुरी बात मुँह से निकालते हो ! मेरा तो इस संसार में तुम्हारे सिवाय कोई नहीं है ?'

'इस संसार में कोई सनातन होकर नहीं आता, पुत्र ! सब आते हैं, सब चले जाते हैं। नाग और गरुड़ दोनों का नाश हो जाता है। कपटी और सत्यवादी दोनों ही चले जाते हैं। गुण और निर्गुण की पहचान करनेवाले, पापी और पुण्यात्मा कोई भी अमर नहीं होता। अग्नि, पवन और पानी, यह सृष्टि, यहाँ तक कि विष्णुलोक भी प्रलय की छाया में विनष्ट हो जाता है। माया मत्स्यरूप धारण करती है, यम अहेर करता है, हरिहर, ब्रह्मा भी जिससे नहीं उबर सके, उससे मनुष्य कैसे पार पा सकता है ? राम और लक्ष्मण चले गए। किन्तु सीता को संग नहीं ले जा सके। कौरवों को जाते हुए देर नहीं लगी, पुत्र! धारा नगरी सुशोभित करनेवाले भोज से भी नहीं रहा गया। पांडव चले गए, कुन्ती जैसी रानी चली गई, सुबुद्धि का भंडार सहदेव भी चला गया। चलती बार कोई कुछ भी तो नहीं ले जा सका। मूर्ख मनुष्य ही बहुत कुछ संचय करता है। अपनी-अपनी करके सब चले गए, किसी के हाथ कुछ नहीं लगा। रावण भी अपनी कर के चला गया।'

मैं सुनता रहा। मुझे लगा इतिहास के विराट प्रकरण मेरी आँखों के सामने से जा रहे थे। मैंने देखा, विकराल काल सबको खाए जा रहा था। क्यों सब कुछ नष्ट हो जाता है ? फिर इस संसार में तत्व ही क्या है ?

मैंने कहा, 'दादा ! सब कुछ नष्ट हो रहा है । फिर यह परिवार क्या है ? यह क्या बन्धन नहीं है ? तुम बता सकते हो मुझे तुम्हारे बिना कितना दुःख होगा ?'

पिता ने कहा, 'बेटा ! सत्य यही है कि इस संसार में दो नियम हैं । जन्म और मृत्यु । मैं मृत्यु से डरता नहीं । किन्तु केवल इसलिए सोचता हूँ कि मनुष्य इस जीवन में असंख्य पाप और हिंसा करके अपने लिए सुख एकत्र करने में लगा रहता है । वह यह भूल जाता है कि मृत्यु अवश्यम्भावी है, वह निश्चय ही आती है । तू ही सोच ! नाश का ज्ञान रखनेवाला क्या कभी पाप करेगा ? वह तो जितने दिन रहेगा स्नेह और समता से ही इस संसार में रहेगा । यह सब लोग अपने निराधार जड़ विश्वासों में बँधे हुए हैं ।'

मैं रो पड़ा । मैंने कहा, 'पिता, क्या मनुष्य का हृदय कुछ नहीं है ? क्या उसे रोना नहीं आएगा ?'

पिता ने धीरे से कहा, 'पुत्र ! संसार में स्त्री के साथ रहना पाप नहीं है, वह तो सृष्टि का क्रम है । संतान को पालना माया नहीं है । किन्तु जो सन्तान और नारी से अपना सम्बन्ध अटूट चाहता है वही भूला हुआ है । सृष्टि का क्रम है । सब आता है, सब मिट जाता है । प्रकृति के नियम को देखकर दुःख करना मनुष्य का अज्ञान ही होता है । यह अज्ञान ही मनुष्य को असह्य वेदना देता है ।'

पिता चुप हो गए । मैंने उनके पाँव पकड़ लिए और कहा, 'यदि यह संसार व्यर्थ ही है तो इसके लिए इतने हाहाकार क्यों ?'

'हाहाकारों का मनुष्य ने निर्माण किया है पुत्र !' पिता ने सोचते हुए कहा—'सृष्टि ने मृत्यु दी है, तो जन्म भी दिया है । एक को बढ़ाकर दूसरे को घटाना ठीक नहीं है । परन्तु मृत्यु जीवन के साथ, अवश्य है, और क्योंकि संसार के लोग अपने क्षुद्र व्यक्तिगत जीवन को अमर समझ बैठते हैं, उनको चिल्लाकर याद दिलाना पड़ता है ।'

पिता ने कहा, 'पुत्र ! माता-पिता जन्म देकर बालक को अपना कहकर स्वार्थ से पालते हैं । बाघिन रूप धारण करके उसे कामिनी खा लेना चाहती है । पुत्र-कलत्र सियारों की तरह मुँह फाड़े खड़े रहते हैं । कौआ और गिद्ध दोनों उसकी मृत्यु चाहते हैं । स्यार और कुत्ता उसकी राह देखते हैं । धरती कहती है, यह मुझे मिल जाए । पवन कहता है, मैं उड़ा ले जाऊँगा । अग्नि कहती है, मैं शरीर को जलाऊँगी । श्वान कहता है, इसके जल जाने पर मैं इसका उद्धार करूँगा । जो केवल विषयों में भूले रहते हैं उनके लिए मैं यह बात कहता हूँ । 'मेरा-मेरा' कहकर स्वार्थ में भूले हुए लोग छटपटाते हैं । मनुष्य की पवित्र सत्ता हरि-स्मरण के लिए मिली है । हरि क्या है कमाल । वह सृष्टि का अज्ञात महान रहस्य, जो मूलतः

आलोक है, प्रेम है, सहज है, उसकी अनुभूति यह मनुष्य ही तो प्राप्त कर सकता है ।

मैंने देखा धीरे-धीरे धुंधलका छाने लगा था। पिता गुनगुनाने लगे—

'भूला लोग कहै घर मेरा

जा घरवा में फूला डोलै

सो घर नाहीं तेरा,

हाथी घोड़ा बैल खजाना

संग्रह कियो घनेरा

बस्ती में से दियो खदेरा

जगंल कियो बसेरा।।

गाँठी बाँधी खरच न पठयो

बहुरि कियो नहिं फेरा

बीबी बाहर हरम महल में

बीच मियाँ का डेरा।।

नौ मन सूत अरुझि नहिं सूझै

जनम - जनम अरुझेरा

कहत कबीर सुनो हो सन्तो

यह पद करो निवेरा।'

मैंने सुना तो मेरी वेदना अपने-आप स्थिर हो गई। वह उतरता अंधेरा। पिता के चरणों पर मेरे भय का अन्त हो गया। वह मेरा पिता था। जिसने मुझको पाला-पोसा, वही तो मेरे जीवन का शाश्वत अभय था। उसके ही सहारे से मैं अपने को पूर्ण समझता था। किन्तु पिता की इस वाणी ने बताया कि सृष्टि के क्रम में सबका ही नियंत्रण है, जिसको मनुष्य अपने सीमित सामान्य साधनों से काट नहीं सकता। और मुझे पिता के वे पहले के शब्द याद आने लगे—इस संसार में जिसे देखा दुखी ही देखा। तन धारण करके किसी ने भी सुख नहीं पाया। मैं उदय-अस्त की बात करता हूँ, तुम इसे विवेक से सुनकर विवेचन करो। इस पथ पर सब ही दुखिया हैं गृहस्थ या वैरागी, जोगी, जंगम, सब ही को दुःख है और तापस को तो दूना दुःख है।

मैंने दुहराया—'तापस को तो दूना दुख है। तपस्वी को ? दूना ??'

झोंपड़े की नीरवता अब गहरी हो गई थी। पिता को जैसे अब मेरी याद नहीं थी। वे अपने गहरे सोच में पड़ गए थे।

मैंने उठकर दीपक जला दिया। उसका हल्का प्रकाश झोंपड़े की भीतों पर

काँपने लगा और वह मुझे उस समय अच्छा लगा। उसमें कितनी सान्त्वना थी। वे खाट पर सीधे लेटे थे। उनका चौड़ा और दीप्त भाल दिखता था, और मैं सोच रहा था, यही है वह माथा जिसने हजारों आदमियों को हिला दिया था। यह गरीब पैदा हुआ था। आज भी गरीब था। जीवन-भर मेहनत करके इसने कमाई की और कितना शान्त, कितना पवित्र होकर लेटा हुआ है यह ? मैं सोचने लगा, हम सब आत्मा को मानते हैं। पिता भी समझते हैं कि वह एक विरानी वस्तु है जो पाँच तत्त्व के इस पिंजरे में आती है और अनदेखे ही चली जाती है और यह देह बिना पानी के ही डूब जाती है। राजा, रानी, अभिमानी चले जाते हैं। मुझे गीता की बात, जो मैंने साधुओं की रम्मत में सुनी थी, याद आने लगी—वह आत्मा न जन्म लेती है, न मरती है, वह अमर है। जैसे पुराने वस्त्र छोड़कर नए वस्त्र मनुष्य धारण कर लेता है, वैसे ही एक चोला छोड़कर वह दूसरे शरीर का चोला धारण कर लेती है। यहाँ जोग करनेवाले योगी और कथा सुननेवाले भोगी चले जाते हैं।

फिर पिता के शब्द याद आए। उन्होंने कहा था—'यह तो पाप पुण्य की हाट लगी हुई है। धरम यहाँ दंड लेकर दरबानी करता है। केवल भक्ति रखनेवाला ही अपनी मति को स्थिर रखने में समर्थ होने पर काल से पराजित नहीं होता।'

यह सत्ता महासमुद्र में उठी हुई एक लहर के समान है जो उठती है और फिर लय हो जाती है।

और अभी मैं सोच रहा था कि मुझे एक विभोर किन्तु पराभूत-सी चेतना की अनुभूति मिली।

मैंने सुना, वे अत्यन्त गम्भीर और संयत स्वर में गा रहे थे। मुझे आश्चर्य हुआ।

परन्तु मैंने देखा, वे मुस्करा रहे थे और उनकी आँखें अब दीपक की रोशनी को देख रही थीं। उस वक्त मुझे लगा जैसे दीपशिखा स्थिर हो गई थी। झोंपड़े में एक नई आभा फैल रही थी। और शब्द मेरे कानों में पड़ने लगे—

'कौन ठगवा नगरिया लूटल हो

चन्दन काट कै बनत खटोलना

तापर दुलहिन सूतल हो।'

मैंने अपनी चेतना में देखा और वह कल्पना मेरी सीमाओं को तोड़ने लगी। मुझे लगा मैं किसी इतने महान् व्यक्ति के पास था कि मुझे आश्चर्य हुआ। और संसार ? संसार उनसे डरता था, घृणा करता था। लोग उन्हें दार्शनिक कहते थे। मैं देख रहा था कि वह आदमी, उस आदमी का हृदय, उस आदमी की चेतना, यह सब कितने अधिक कोमल थे !

वह मेरे पास भी थे, फिर भी मुझे लग रहा था कि जितना ही मैं हाथ पसारता हूँ, उतने ही वे मुझसे दूर हो जाते थे। उस क्षण मुझे लगा, मैं वहाँ अपने लिए नहीं, उनके लिए हूँ। किसी का आलोक या महानता अपने-आप में पूर्ण नहीं है। उसका बड़प्पन या अंधकार मिटाने की शक्ति को दिखाने के लिए उसकी तुलना की एक वस्तु उसके सामने रहनी ही चाहिए। ऐसा ही मैं कमाल हूँ, जो भाग्य से कबीर जैसी महान् आत्मा के पास आ गया हूँ। क्या है यह मेरी सत्ता, कुछ नहीं। बल्कि मुझे लगा कि इस अधमुंदे नयनोंवाले महाकवि के लेटे हुए शरीर के सामने मैं जो चलते-फिरते होने के कारण, यों अपने को नायक समझ रहा हूँ, वह मेरी भूल ही है। नायक तो लेटा है। मैं जो कुछ हूँ उसके कारण हूँ।

और तब आत्मा की अनुहार का लरजता स्वर मुझे सुनाई दिया :

'उठोसखी मोरि माँग सँवारो।

दुलहा   मोसे रूसल हो।'

वह रूठना कितना मधुर था ! मैं तन्मय हो गया। एक विशाल जीवन अपने अन्तिम क्षण में आत्म-यातना को प्रेम की सरस अनुभूति में भिगोकर संसार को दिए जा रहा था। अनन्त था वह जीवन का अभिनय, कितनी मादकता थी इसमें !

'आए जमराज पलंग चढ़ि बैठे

नैनन आँसू टूटल हो।'

मैं चौंक उठा। यमराज !!

पिता ! वे जा रहे हैं !!

और मैं खड़ा-खड़ा भूल गया हूँ !

आखिर क्यों ?

क्या यह ममता से विरक्ति मुझे अपने पिता के द्वारा ही विरासत में नहीं मिली है ?

परन्तु क्या वह इतनी बड़ी है कि मुझे बाँधे रह सके। ठीक है, कोई शाश्वत नहीं होता। पिता भी तो सौ बरस से ऊपर हैं। क्या वे जिए ही जाएँगे !

नहीं।

तो क्या वे चले जाएँगे ?

यही मेरी समझ में नहीं आ रहा था। मैं वहाँ अपने पिता को नहीं देख रहा था, मुझे वहाँ अनेक शताब्दियों का ज्ञान दिखाई दे रहा था। मुझे युग ही साकार रूप में दिख रहा था। मुझे लग रहा था, वह मनुष्य की देह धारण करनेवाला ही नहीं था, वहाँ मुझे मनुष्य की आत्मा के सच्चे दर्शन हो रहे थे।

‘चारि जने मिलि खाट उठाइन

चहुँ दिसि धू दू ऊठल हो

कहत कबीर सुनो भई साधो

जग से नाता छूटत हो।’

वहीं मैं अपना सन्तुलन खो बैठा और खाट की पाटी पकड़कर रोने लगा। उस समय दीपक के प्रकाश में जब पिता ने मेरी ओर देखा तो लगा वह सचमुच टूटता हुआ नाता फिर जुड़ गया है, अब वह नहीं टूटेगा क्योंकि स्नेह के बन्धन में खिंचने की शक्ति होती है।

पिता ने कुछ नहीं कहा। वे मेरे सिर पर हाथ फेरते रहे। मचते हुए हाहाकार शान्त हो गए। सब कुछ केन्द्रीभूत हो गया, सब कुछ पास आ गया। उस झोंपड़े में कबीर के स्पर्श से दीपक के प्रकाश में बैठा हुआ मैं अपने मोह ममता और स्नेह की स्तर-स्तर जमी पर्तों को उघड़ते हुए देखता रहा।

आधी रात हो गई थी।

मैंने देखा वे शान्त सो गए थे। मैंने खेस उढ़ा दी। वे किसी गहरे स्वप्न में उलझे हुए से दिखाई दे रहे थे। वह न जाने किस विराट यात्रा का अन्त था, या किसी नवीन महानु यात्रा का उपक्रम था। मैं नहीं जानता था। वे जब बात करते थे तो ऐसा लगता था, जैसे वे किसी गूढ़ रहस्य को समझते हैं, जैसे समझते तो नहीं, परन्तु उसकी उन्हें अनुभूति हो चुकी है और वे उसे समझाने की चेष्टा करते हैं तो शब्द निर्बल हो जाते हैं, वे जो कहना चाहते हैं, निस्संदेह वे उसे नहीं कह पाते। और मैं सोचने लगा, क्या वे ऐसे ही किसी रूप के विषय में आज फिर सोच रहे थे ! अनाहत नाद ! ! वह नाद जो किसी प्रकार के संघर्ष से जन्म न ले ! पिता उसे बोलती देदीप्यमान शीतल ज्वाला का आलोक कहा करते थे...

मुझे लगा इस समय खाट पर वही आलोक मुस्करा रहा था.....

सुबह जब मैं उठा तो आवाज सुनकर।

धीरा कहार था। उसने पुकारा, ‘कमाल भैया। कमाल !’

मैं बाहर आया।

अरे बाहर आकर तो क्या देखता हूँ, कि देखता ही रह गया। मेरे पिता के पास कुछ युवक आया करते थे। वे उनकी कविताओं को लिख लिया करते थे। कभी-कभी मैं भी लिख लेता था। पिता के पास सदा ही साधु-सन्तों की भीड़ रहा करती थी।

मगहर में तो वह भीड़ बढ़ गई थी। बल्कि माँ के मरने के बाद से तो हम

दोनों की कमाई साधु-सन्तों की सेवा में ही उठ जाती थी। पिता आगे-आगे चलते। संग भीड़ चलती। कभी पिता गाते, भीड़ दुहराती। परन्तु मैंने जो आज देखा वह तो बात ही और थी।

सारा मगहर निस्तब्ध इकट्ठा हो गया था।

उस भीड़ की उदासी में मेरे पिता की ऐसी महानता छिपी थी कि मैं सिहर उठा। मुझे याद आया, अंधेरी काली रात छा रही थी। आकाश में घमंड करती घटाएँ छा रही थीं। सनसनाती हवा शीतल-ही बह रही थी। मैं उस दिन न जाने पिता के किसी गूढ़ पद का चिन्तन कर रहा था। और अचानक वह ठंडी हवा मेरे शरीर में लगी तो मैं सिहर उठा था। उस सिहरन में कितना अव्यक्त आनन्द था ! वह किसी अप्रत्यक्ष आनन्द का झिलमिलाता-सा आभास था जो आया था, जिसने सुप्त रोम-रोम को जगाया था और फिर अन्तरिक्ष तक सनसनाहट-सी फैलाकर वायु की अँधेरी तरलता पर झूमकर मचलने लगा था। वैसे ही सिहरन-भरी आनन्द की अभिव्यक्ति मुझे हुई। मैं कवि नहीं हूँ, मैं दार्शनिक नहीं हूँ, मुझे पिता की-सी महानता की छाया भी नहीं, न मुझमें कभी उनकी-सी आत्मविस्मृत सत्यान्वेषण की वह अटूट तन्मयता ही रही है जो लघु को दीर्घतम बना देती है। पर उस भीड़ को मैं देखता रह गया।

वहाँ हिन्दू भी थे, मुसलमान भी थे और स्वर उठा, 'क्यों कमाल ! तूने बताया तक नहीं ? सद्गुरु का समय आ गया है...'

मैंने दोनों हाथ उठाकर दयनीय स्वर से कहा, 'ऐसा नहीं कहो दयालुओ ! ऐसा कठोर वचन मत कहो...'

मेरे पसीजे हुए शब्दों ने उन्हें आर्त्त कर दिया। वह वेदना जैसे सबको छू गई थी।

मुझे अनुभव हुआ कि आदमी जब तृष्णा, ईर्ष्या, अहंकार और स्पर्धा से शीघ्र ही कुछ प्राप्त कर लेने के लिए काम करता है, तब वह अपने भीतर ही असहिष्णु हो जाता है और अपने कार्य की छोटी से छोटी असफलता भी उसे बहुत ही बड़ी-सी दिखाई देती है। उसे अपनी ठीक बात में भी तब विश्वास नहीं रहता क्योंकि एक अहंकार का उद्वेग उसकी नीवों को ठोस भूमि पर खड़ा नहीं रहने देता। वह डरता है। यदि वह नास्तिक होता है तो उसे अँधेरा घेर लेता है। यदि वह आस्तिकता की डाँवाडोल विश्वास की किरण पकड़कर झूलता है तब वह मृगतृष्णा में भटकने लगता है। मैं स्वयं नहीं जानता कि अभावग्रस्त मानव को किस प्रकार त्याग का अहंकार करके जीवन बिताने की सच्चाई मिल सकती है। परन्तु कबीर का जीवन यह अपूर्णता नहीं थी। चरमशान्ति थी वहाँ। निर्द्वन्द्वता

आत्म-सन्तोष और आत्म-यातना से नहीं आती। यह दोनों तो एक ही पहलू के क्रम से सामाजिक और व्यक्तिगत पक्ष में हैं। वह तो तब मिलती है जब भीतर कोई रिक्ति ही बाकी नहीं रह जाए।

पिता महान हैं। वे पढ़े नहीं हैं, पर दुनिया उनसे पढ़ती है। मैं पढ़ा हूँ, लिखा हूँ क्योंकि उनके कारण, बचपन से ही कुछ पढ़े-लिखे लोग घर पर आते रहे हैं, उन्होंने मदद की है, फिर भी अनुभव करता हूँ कि जो वे जानते हैं, वह मैं नहीं जानता।

मैंने कहा, 'वे सो रहे हैं। भाइयो वे सो रहे हैं।'

पूर्ण शान्ति छा गई। मानो असंख्य मेघों की गर्जना थम गई हो और सब चुप हो गए हों।

मगहर की छोटी-सी बस्ती में आज काम धन्धा बन्द था। सब बैठे थे। मुझे सबसे बड़ा आश्चर्य जब हुआ। मैंने हिन्दू और मुसलमानों की बातें सुनीं :

'कबीर साहेब हिन्दू थे ?

'हिन्दू कैसे हुए ? वे तो हम जैसे मुसलमान थे।'

मुझसे सहा नहीं गया। आखिर तो जो जिस दायरे में रहता है, वह उससे बाहर की बात सोच भी तो नहीं सकता। हिन्दू और मुसलमान दो अलग-अलग कुओं में पड़े हुए मेढक थे। उनकी सारी परम्पराएँ, उनके सारे फैलाव वहीं तक तो जाकर पहुँचते थे ! ! मुझे खेद हुआ, जीवनपर्यन्त मेरे बाप ने जो कहा उस पर अभी से चोट होना शुरू हो गई थी। वे उन्हें भी बाँट लेना चाहते थे।

और इसका भी मूल क्या था ! श्रद्धा, आदर और प्रेम। यही तो वे कबीर साहेब के लिए लेकर आए थे। उनकी राय में इससे और कुछ अच्छा वे कर भी तो नहीं सकते थे।

मैंने समझाना चाहा, पर सोचा, जाकर पिता को जगाकर कहूँ, वे हँसेंगे और फिर, कुछ कहेंगे तो सारी भीड़ शर्मिन्दा हो जाएगी। यही सोचकर मैं अन्दर गया। पर जब मैं भीतर गया तब देखता ही रह गया।

साहेब तो सो गए थे। मैं उनका बेटा, उस समय मंत्रमुग्ध-सा खड़ा रह गया। वे ऐसे थे कि उनकी शोभा मैं कभी भी नहीं कह सकूँगा। वह ऐसे दीप-से दिखाई दे रहे थे, जैसे बिना ज्योति के उजियारी फैल गई थी। अक्षय पुरुष के पास हंस पहुँच गया था। वहाँ पद्मों की परछाइयों में माथे पर क्षत्र लगा हुआ था और मेरे पिता जैसे चन्द्र, भानु ओर तारागणों के भीतर से निकलती ज्योति-किरणों को देखकर चकित हो गए थे। आज हंस ने सुख पाया था ! यही वह आदिवाणी थी,

जिसका वेद भी अन्त नहीं पा सका था।

सद्गुरु हंस का रूप धारण करके समस्त शोक छोड़कर अपने लोक को चला गया था ! भृंग ने कीट को पलटकर भृंग बना लिया था और अपना जैसा रंग देकर उसे संग उड़ा ले चला था। नासूत से परे मलकूत पहुँचने पर उसे विष्णु की ठाकुरी दीख पड़ी थी। इन्द्र, कुबेर बैठे थे, रंभा नाच रही थी, तैंतीस कोटि देवता खड़े थे। हंस वैकुण्ठ को छोड़कर आगे चला, शून्य में जगमग ज्योति जगने लगी। ज्योति-प्रकाश में निज तत्त्व को देखकर वह हंस स्वयं ही निर्भय हो गया और उसके समस्त संशय और आतंक दूर हो गए।

नूर के महल और नूर की भूमि पीछे छूट गई। नवाँ मुकाम भी पार हो गया। आनन्द से सब फन्दों को छोड़ता वह हंस तो सत्यलोक पहुँच गया।

पुरुष ने जब हंस को दर्शन दिया तब जन्म-जन्मान्तर का ताप मिट गया, अखण्ड प्रेम जाग्रत हुआ था, अपना ऐसा रूप बना लिया था, जैसे सोलह सूर्यों का आलोक भास्वर हो उठा।

अण्डकटाह पार हो गए। भ्रम और कर्म की सीमाएँ पीछे छूट गईं।

मैं अवाक् खड़ा रहा। शायद मैं अपने को भूल गया था। मैं केवल महात्मा के अन्तिम दर्शन करता रहा।

उस समय मुझे सुन पड़ा, कोई गा रहा था—

'सुरत सरोवर न्हाइ के मंगल गाइए
दरपन सब्द निहार तिलक सिर लाइए।
चल हंसा सतलोक बहुत सुख पाइए
परसि पुरुख के चरन बहुरि नहिं आइए।
अमृत भोजन तहाँ अमी अँचवाइए
मुख में सेत तँमूल सब्द लौ लाइए।
पुहुप अनूपम बास हंस पर चलि जिए
अमृत कपड़े ओढ़ि मुकुट सिर दीजिए।
वह घर बहुत अनन्द हँसा सुख लीजिए।
बदन मनोहर गात निरखि के जीजिए।
दुति बिन मसि बिन अंक सो पुस्तक वाँचिए
बिन करताल बजाय चरन बिन नाचिए।
बिन दीपक उँजियार अगम छर देखिए
खुल गए सबद किवाड़ पुरुष सों भेंटिए।

साहब सन्मुख होय भक्ति चित लाइए।

मन मानिक सँग हंस दरस तहँ पाइए।

कह कबीर यह मंगल भाग न पाइए

गुरु संगत लौ लाय हंस चलि जाइए।'

वही, वही तो है यह ! हंस। पहले यह सोहंग था, फिर पलटकर हंस हो गया। गगन-गुफा में अजर रस झरने लगा था। बिना बाजे की झंकार उठ रही थी, केवल ध्यान की अटूट तल्लीनता थी। वहाँ ताल नहीं था पर जहाँ-तहाँ कमल फूल रहे थे, उन पर हंस चढ़कर केलि कर रहा था। बिना चन्दा के ही उजियारी फैली थी, और हंस दिखाई दे रहा था। युगों-युगों की तृष्णा बुझ गई थी।

कौन गा रहा था, मैं नहीं समझा। मुझे लग रहा था वहाँ मेरा पिता नहीं था, अविद्या की गाँठों को खोलकर संचित ज्ञान पड़ा हुआ था।

मैं जब बाहर निकला तो आनन्द से मन ओत-प्रोत हो रहा था। मैं अपने-आप विह्वल होकर, नाचकर गाने लगा था—

'दुलहिन गाबहु मंगलाचार

हमार घर आए हो राजा राम भरतार,

तन रति कर मैं मन रति करिहौं

पाँचों तत्त्व बराती

राम देव मोहिं ब्याहन आए

मैं जोबन मदमाती।'

लोगों ने आश्चर्य से देखा परन्तु मैं आगे बढ़ा और गा उठा—

'सरिर सरोबर बेदी करिहौं

ब्रह्मा बेद उचारा,

रामदेव सँग भाँवर लैहों

धन धन भाग हमारा,

सुर तैंतीसो कौतुक आए

मुनिवर कहस अठासी,

कह कबीर मोहिं ब्याहि चले हैं

पुरुष एक अविनासी।'

उस अविनाशी पुरुष से होते हुए तादात्म्य में मैंने अपनी अन्तरात्मा में मृत्यु पर होती हुई विजय देखी, जो जीवन की शाश्वत मुक्ति बनकर जग रही थी। मुझे नहीं मालूम कि उस समय मुझे क्या हो गया था। वहाँ एक अतीन्द्रिय साधना-पुरुष के अन्त में से मुझे एक नया सृजन होता हुआ लगा। वह कितना निस्तब्ध था,

किन्तु कितना शान्तिदायक था, कि आज भी मैं उसको अपनी चेतना से खो नहीं सका हूं। उस विरक्त ने एक अटूट भक्ति का रूप धारण कर लिया था। वह भक्ति कितनी भी शून्य और रहस्यवादी क्यों न हो, क्या उसका आधार सामाजिक नहीं था ? क्या वह सहज मानवीयता के पारिवारिक स्वरूपों को लेकर जीवित नहीं हो उठी थी !

'जय ! सदगुरो की जय !!'

भीड़ निनाद करने लगी। उस कोलाहल को सुनकर मेरा हृदय टूक-टूक होने लगा।

अरे मेरा बाप भीतर खाट पर मरा पड़ा था और मुझे धिक्कार कि मैं रोया तक नहीं। मैं भागा। फूट-फूटकर रोने लगा ! वह मुझे छोड़ गया था। हाय मैं अकेला रह गया हूं। अब मेरा कोई सहारा नहीं है।

हठात् मैं चौंक उठा।

आलम कह रहा था, 'कौन होते हो तुम छूनेवाले ? जन्म-जिन्दगी तुमने उसे नीच कहा। कबीर साहेब तुम्हारे नहीं हमारे थे। हम ही उन्हें बाइज्जत दफन करेंगे।'

और विक्रम कह रहा था, 'अरे जाओ, जाओ ! तुम मुसलमानों ने इन्हें जिन्दा मरवा देने की कोशिश की। वह हिन्दू थे। और हिन्दुओं के ही कन्धों पर चढ़कर वे आज जाएँगे।'

मुझे लगा मेरा हृदय फट जाएगा। क्या सचमुच संसार इतना मूर्ख है, मैंने सोचा। झगड़ा और वही झगड़ा, सो भी किसके पीछे ? उसी कबीर के जो इन दोनों का मजाक उड़ाता था ? जो मानव था, केवल मानव था।

मुझे लगा कि इस अज्ञान के पीछे श्रद्धा करने योग्य भी एक वस्तु थी। वह थी मेरे पिता की श्रद्धा जो इन दोनों के भीतर समान रूप से थी। वह महाकवि इन दोनों के क्षुद्रबन्धनों से इतना ऊपर उठ गया था कि दोनों ही उसको अपना स्वीकार करते हुए नहीं झिझकते थे। और मेरे सामने यह विराट भारत देश आया। एक ओर हम थे, नीच, जो नीच समझे जाते थे। मेरे पिता उन नीचों में पलने वाली महानता के प्रतीक थे, दूसरी तरफ इस्लाम था, जिसके नारों से सारा देश गूँज रहा था। तीसरी तरफ प्राचीन ऊँची जातियों के विशाल मन्दिरों के घंटों की घनघनाहट थी, जो इस्लाम के सिपाहियों के घोड़ों की सुमों की आवाज को डुबाने के लिए अपने-आपको बहरा बनाकर बज रहे थे, गूँज रहे थे, और फिर हम थे, जो सवर्णों की धरती पर खून दे-देकर विजयी घोड़ों के द्वारा उठाई हुई धूल को दबाए रखते थे, फिर भी अपने को नीच ही कहे जाते हुए सुनते थे, और मेरे पिता एक ऐसे नए

स्वप्न की खोज में थे, जहाँ हिन्दू हिन्दू नहीं था, जहाँ मुसलमान मुसलमान नहीं था, इन सबसे ऊपर मनुष्य था, एक नया आदमी, नया आदमी...मुझे लगा, दिशाएँ पुकारने लगी थीं–कमाल ! पहला नया आदमी सो गया है, पहला नया आदमी सो गया है...

लेकिन में जाग रहा हूँ मैंने कहा, और तब जब कि दोनों झगड़ा करनेवालों का अहंकार उद्दंड हो रहा था, मैंने कहा, 'यहाँ लड़ो नहीं । जानते हो तुमने मेरे पिता की चादर पर क्या चढ़ाया है ?'

'फूल हैं ।' उन्होंने कहा ।

मैंने कहा, 'फूल हैं ! बेजान समझे जाने वाले पेड़ जब धरती में से रस खींचकर अपने यौवन की सबसे सुन्दर भेंट देते हैं तब वे फूल बनते हैं । तुमने देवता पर चढ़ाने वाली वस्तु को मेरे पिता पर श्रद्धा से चढ़ाया है । क्योंकि पिता अब मिट्टी हो गए हैं । तुम मिट्टी के पीछे लड़ना चाहते हो । उठा लो यह फूल, बाँट लो इन्हें, गाड़ दो, जला दो, इस दुनिया के पहले इन्सान को अपने छोटे धर्मों के दायरों में बाँधने के लिए काटो नहीं, वह तुम्हारे दफनाने और जलाने से बड़ा नहीं हो सकेगा, वह जिन्दा था, तब तुमने उसे क्यों नहीं बाँट लिया ? तब तुम लोग डरते थे । तुम्हारा सुल्तान काँपता था, तुम्हारे मुल्ला डरते थे, तुम्हारे पण्डित और तुम्हारे विशाल मन्दिर जो अन्याय के प्रतीक बनकर खड़े थे, तब डरते थे । चले जाओ ! ! आदर और प्रेम के नाम पर, श्रद्धा के नाम पर, तुम उस आजाद आदमी को अन्त में गुलाम नहीं बना सकते । वह तुम सबसे ऊपर था । जो तुम्हारे दायरों को चुनौती देकर जीता रहा । तुम्हारे धर्मों के ऊपर अपने सत्य का झण्डा फहराता रहा, उसे तुम अपने धर्मों में दफनाना या जलाना चाहते हो ? यह असम्भव, यह असम्भव है...

और मैं पिता के पाँव पकड़कर रोने-चिल्लाने लगा : पिता ! देखते हो यह लोग क्या कह रहे हैं ! यह लोग अभी तक अन्धे हैं । कल तक तुम मशाल उठाए खड़े थे, तो इन सबका अँधेरा तुम्हारी अंगड़ाइयाँ लेकर बढ़ती मशाल की लपटों को देखकर काँप रहा था और आज तुम सो गए हो, तो यह समझ रहे हैं कि मशाल धूल में गिर गई है, पर नहीं, ऐ हिन्दू-मुसलमानो ! वह मशाल मेरे कबीर के रक्त के स्नेह से भीगी हुई है, वह एक गरीब की इज्जत है, वह नीच जात का बड़प्पन है, वह एक अनपढ़ का ज्ञान है, वह दुतकारे हुए की अपराजित मानवीयता है, उसे तुम तो क्या इतिहास भी नहीं बुझा सकेगा, वह अमर है...

पिता का बाना

वह एक और चित्र था—उसे मैं क्या कहूं, इतिहास बोलने लगेगा...

लोई झोंपड़े में लेटी हुई थी। कबीर बाहर से आया था।

'लोई !'

'आ गए ?' लोई ने उठकर कहा—'कहाँ चले गए थे, सुबह से यह बेला होने आई। वहीं गए होंगे ?'

वह रूठी हुई थी।

'कहाँ ?' कबीर ने मुस्कराकर पूछा।

'अरे उन्हीं कनफटों के पास।' लोई ने कहा—'क्या कहा था ! मैं तो सोच भी नहीं पाती कि तुमने ऐसा कहा होगा।'

'क्या कहा था लोई ?' कबीर ने कहा और रोटी हाथ में से ले ली : 'बताऊँ ?—

नारी की झाई परत

अन्धा होत भुजंग

कबिरा तिनकी कौन गति

जो नित नारी का संग !'

कबीर हँसा। लोई ने कहा, 'तुम भुजंग हो न ? क्यों ? नारी ऐसी बुरी होती है ? मैंने तुम्हारा कुछ नुकसान किया है ?'

कबीर ने कहा, 'अरी यही तो मैंने उन नारी से डरे हुओं से कहा था। नारी की छाया से साँप तक अन्धा हो जाता है, यानी जो जहरीला होता है !'

'और आगे ? ठहरो चटनी पीसती हूँ। आज और कुछ रहा ही नहीं।' लोई ने सिल-लोढ़े को संभाला और मिर्च पीसने लगी—'बोलो। मैं तुम्हें नरक में भेजूँगी ? क्यों ?'

चटनी लेकर कबीर ने कहा—'तू समझती नहीं लोई !'

'क्यों ?'

'वे जो नारी को विषय की ही वस्तु समझते हैं, उनके लिए क्यों ऐसा नहीं कहा जाए ? अगर मैंने सब नारियों के लिए ऐसा कहा होता, तो तुझ-सी घरवाली के साथ रहता ? कहीं अकेला भटकता नहीं ?'

लोई मुस्कराई। मानो प्रसन्नता आई है, उसे वह छिपाना चाहती है। कहा, 'यही तो मैं भी सोचती थी। जिसने पतिबरता के इतने गुन गाए हों वह क्या कनफटों की-सी बातें करेगा ?'

लोई गाने लगी—

'कबिरा सीप समुद्र की

रटै   पियास   पियास

और बूँद को ना गहै

स्वाति बूँद की आस।

चढ़ी अखाड़े सुन्दरी

माँडा पिउ सों खेल

दीपक जोया ज्ञान का

काम जरै ज्यों तेल।'

लोई ने अपने ताने को संभाला और कहा, 'क्यों कन्त, तुमने नारी के लिए तो इतनी अटक लगा दी, पर पुरुष पर बन्धन न दिया ?'

'लोई ?' कबीर ने पानी पीकर कहा—'पुरुष पतंगा है। वह सतगुरु के बिना कहाँ बचता है ! पर नारी तो पैनी छुरी है, वह तो अंग-अंग काट देती है।'

तुम मुझे देखकर कहते हो। वैसे तुम भी तो पुरुष हो। तुम लोगों के मन में एक अहंकार रहता ही है, तभी तो स्त्री को तुम नीचा समझते हो ? तुम भी कनफटों में रहते, जो मैं न होती।'

'क्यों, तू न होती तो मैं कहीं वाममार्गियों में जा मिलता तो ?'

वह हँसा। और कहा, 'इन दो अतियों के बीच में ही सहज जीवन है लोई।'

कबीर खाता रहा, लोई देखती रही। लोई कहने लगी, 'कमाल की मुझे चिन्ता रहती है। तुम दिन-भर अपनी धुन में लगे रहते हो और तरह-तरह के आने-जाने वाले साधुओं के साथ वह बैठा रहता है।'

कबीर ने कहा, 'वह कोई ऐसी बात नहीं है। मनुष्य अपने विचार अपने-आप बनाता है, लोई। वन जाने से कोई लाभ नहीं होता। योग और भोग घर में भी तो हो सकते हैं। वन जाने पर भी अगर रोना-कलपना बना रहा तो उससे लाभ ही क्या ? कुलबोरनी अगर गंगा नहा भी आए तो उससे फायदा क्या ?'

अभी वह अपनी बात पूरी कर भी नहीं पाया था कि द्वार पर कुछ कोलाहल-सा सुनाई दिया। लोई चौंक उठी। कबीर बाहर निकल गया। लोई भी पथ पर आ गई। देखा, नाथ जोगियों का एक हुजूम आया था और प्रजा के लोग उनको प्रणाम कर रहे थे। कबीर क्षण-भर देखता रहा और फिर उसने कहा, 'साधुओ, प्रणाम ! कहाँ से आना हुआ ?'

जोगियों का नेता सिर पर घनी जटाएँ लिए, 'अरे कबीर, ये लोग बड़ी दूर

से आए हैं। देस-देस घूमते हुए, लोगों को उबारते हुए।'

कबीर मुस्कराया।

उसने योगी की ओर देखा और कहा :

'अवधू भजन भेद है न्यारा।

क्या गाए, क्या लिखि बतलाए, क्या भरमे संसारा।
क्या संध्या तरपन के कीने जो नहिं तत्त विचारा।।
मूँड़ मुँडाए जटा रखाए क्या तन लाए छारा।
क्या पूजा पाहन की कीने क्या फल किए अहारा।।
बिन परचै साहब होइ बैठे करके विषय ब्योपारा।
ज्ञान ध्यान का करम न जानै बाद करै हंकारा।।
अगम अथाह महा अति गहरा बीजन खेत निबारा।
महा सोग्यान मगन है बैठे काट करम की छारा।।
जिनके सदा अहार खतर में केवल तत्त विचारा।
कहत कबीर सुनो हो गोरख, तरै सहित परिवारा।।'

योगी उद्भ्रान्त हो गए।

रामा चिल्लाया, 'कबीर तू जोगियों की बेइज्जती कर रहा है। अरे सुन्न में समाध लगाने वाले संसार छोड़कर घर से निकले हैं। तू मामूली गिरस्त होकर इनसे टक्कर ले रहा है ?'

लोई ने कहा, 'क्यों नहीं, जिस माँ ने जनम दिया है उस माँ के लिए जोगियों ने यही तो किया कि उसे घर में छोड़कर चले आए।'

योगी आगे बढ़ा। उसने कहा, 'तू माया है, तू काम है, तू संसार में शृंखला है। जब नागिन लपलपाती हुई उलटकर आकाश की ओर चढ़ती है तब तू ही महाकुण्ड में अग्नि जलाकर उसको सोख लेने के लिए लपलपाने लगती है।'

योगी के उस रौद्र रूप को देखकर उपस्थित लोग आतंकित हो उठे। लोई सहम गई।

योगी ने अपना रंग जमते हुए देखकर फिर चिल्लाकर कहा, 'ओ गृहस्थो, काल के रूप में माया तुम लोगों को ग्रसे हुए है। तुम अव्यक्त पुरुष की ज्योति को नहीं समझ सकते। तब पक्षी आकाश की ओर नहीं, धरती के गर्भ में उतरने लगते हैं, तब वृक्षों के पत्ते नहीं निकलते, बल्कि आग के अंकुर फूटने लगते हैं, तब जानते हो, क्या होता है ? गाय बाघ को खाने लगती है।'

उस समय योगी के मुख पर विजय का आभास दिखाई दिया। वह स्वर उठाकर चिल्लाया, और उसका त्रिशूल ऊपर उठ गया। उसने कहा, 'अलख

निरंजन !'

सारे योगियों ने दुहराया, 'आदेश, आदेश !'

पथ पर खड़ी हुई स्त्रियाँ काँपने लगीं। रामा ने बढ़कर योगी के पैर पर सिर रख दिया। कुछ बूढ़ी स्त्रियों ने इशारे किए। मलूकचन्द की स्त्री छिंगा गोरी थी, और सुन्दरी थी। यौवन की झनझनाती हुई प्रत्यंचा में बँधकर उसका लावण्य धनुष के समान झुकने के बहाने तन गया। उसे अपने ऊपर गर्व था। जिस समय वह भिक्षा देने के लिए बाहर आई तो योगी ने उसकी ओर मुड़कर भी नहीं देखा। वह चली गई। रामा ने कहा, 'देखा कबीर, महाराज ने अपना काम भी नष्ट कर दिया है।'

कबीर आगे बढ़ा।

उसने कहा, 'रामा, मैं एक गीत और सुनाना चाहता हूं।'

गीता का नाम सुनकर रामा चौंक उठा, किन्तु लोई ने कहा, 'सुना कन्त ! डर किसका है ?'—मानो उसे विश्वास था कि जो उसका पति कहेगा वह अवश्य ही एक नया सत्य होगा।

भीड़ और पास आ गई।

कबीर गाने लगा—

'मन न रँगाए, रँगाए जोगी कपरा।

आसन मारि मँदिर में बैठे

नाम छाँड़ि पूजन लागे पथरा।

कनवा फड़ाय जोगी जटवा बढ़ौले

दाढ़ी बढ़ाय जोगी है गैले बकरा।'

योगी चिल्लाए, 'बन्द करो, वरना हम तुम्हारी बस्ती को भस्म कर देंगे।'

उनके त्रिशूल तन गए थे। हवा में उत्तेजना फैल गयी थी, किन्तु उस समय लोई ने चिल्लाकर कहा, 'जोगी, किसे डराते हो ? इतना भी सुनने का धीरज नहीं तो साईं से बिना दया के मिलोगे भी कैसे ?'

भीड़ पुकार उठी, 'वाह कबीरा गाए जा !'

और कबीर जो अभी तक हँसता हुआ खड़ा था उसने फिर हाथ उठाकर गाया—

'जंगल जाय जोगी धुनिया रमौले

काम जराय जोगी हैगैलें हिजरा।

मथवा मुड़ाय जोगी कपड़ा रँगैले

गीता बाँचि कै होइ गैलें लबरा।

कहत कबीर, सुनो भाई साधो

जग दरवजवाँ बाँधरि जल पकरा।'

भीड़ ने ठहाका लगाया। रामा भाग गया। छिंगा लज्जा छोड़कर खिलखिलाकर हँसी। योगी क्रोध से त्रिशूल तानकर आगे बढ़ा, किन्तु उसी समय छिंगा कबीर के सामने आ गई और देखते ही देखते अनेक स्त्रियों ने कबीर की रक्षा के लिए उसे घेर लिया। योगी चक्कर में पड़ गए। एक बुढ़िया जुलाहिन चिल्लाने लगी :

'अरे किसकी मजाल है जो बस्ती में खून-खच्चर करे। एक तो हम खिलाएँ और ऊपर से इनकी गाली खाएँ ? मरे चले आते हैं यह लड़कों को बहकाने। घर को आग लगा आए तो पेट को क्यों नहीं लगा लेते ?'

भीड़ ने फिर ठहाका लगाया।

जब कबीर भीड़ में से निकल आया तो उसने देखा कि जोगियों का पता भी न था और रामा कान पकड़े कह रहा था :

'जान बची लाखों पाए। अब नहीं जाऊँगा, न किसी को बुलाऊँगा।'

कबीर ने कहा, 'रामा, शृंगी चमकाने से क्या होता है ? सारे बदन पर भभूत मल लेने से क्या मन का मैल जल जाता है ? अगर नंगे रहने से ही योग हो जाता तो काशी के सारे ढोरों को योगी क्यों नहीं कहा जाता ?'

भीड़ छंट गई। छिंगा एकटक कबीर की ओर देख रही थी। लोई ने इसे देख लिया। कबीर ने छिंगा के नयनों को क्षण-भर देखा और धीरे से कहा :

'कबिरा माता का नाम का मद मतवाला नाहिं,

नाम पियाला जो पियै सो मतवाला नाहिं;

घायल ऊपर घाव है टोटे त्यागी सोय;

भर जीवन में सीलवँत विरला होयसो होय'

छिंगा ने सुना, झुककर कबीर के पाँव छुए और लौटकर अपने घर की ओर चलने लगी।

कबीर ने कहा—

'प्रीत बड़ी है तुज्झ से बहु गुनियाला कन्त,

जो हँस बोलौं और से नील रँगावों दन्त।

नैनों अतर आव तू नैन झाँप तोहिं लैव,

ना मैं देखौं और को न मैं देखन दैव।'

छिंगा चली गई।

लोई ने कबीर का हाथ पकड़ लिया और कहा, 'कंत, आज जान बच गई ! जोगी चले ही गए, नहीं तो खून-खच्चर हो जाता। ऐसी क्या जरूरत थी कि इतना

साफ-साफ कह दिया ? सच, मैं तो डर गई थी।'

कबीर ने निर्भय दृष्टि से लोई की ओर देखा और बड़बड़ाया :

'गगन दमामा बाजिया पड़त निशाने घाव।

खेत पुकारै सूरमा अब लड़ने का दाँव।

तीरतुपक से जो लड़ें सो तो सूर न होय,

माया तजि भगती करै सूर कहावै सोय।

सिर राखे सिर जात है सिर काटे सिर होय,

जैसे बाती दीप की कटि उजयारी होय।'

लोई ने देखा और मुस्कराई। वह मुस्कान एक अक्षय विश्वास था, मानो प्राणों के कारागृह के द्वार खुल गए थे—और जिस आलोक को आज तक वह पत्थरों और लोहे से जड़े हुए वातायनों से देखा करती थी वह आज उस द्वार में से भीतर प्रवेश कर रहा था।

झोंपड़ा अपने दारिद्रय को लिए खड़ा था। चारों ओर जुलाहों की बस्ती में आज की घटना पर तरह-तरह की बातें हो रही थीं। रामा जनमत के कारण चुप था किन्तु उसके मन में अभी तक सन्देह और आतंक असन्तोष की बैसाखियों पर लंगड़ी रूढ़ियों को खड़ा करने का प्रयत्न कर रहे थे। छिंगा छप्पर के नीचे बैठी आज सोच रही थी कि वह कितनी महान् छाया के सामने से निकल गई थी। वह भाव भी उसके सामने स्पष्ट नहीं था। उसे लग रहा था जैसे बहुत दूर बहुत ऊँचे पहाड़ के ऊपर कोई देवता का मन्दिर था जहाँ वह जा रही थी, गई थी, किन्तु पहुँचने पर भी उसे लगा था कि देवता अब भी उतनी ही ऊँचाई पर था जितना वह धरती पर से सिर उठा कर देखती थी।

लोई ने पीढ़ा बिछा दिया था। कबीर सूत की पौनी सुलझाता हुआ बैठा था। लोई ने घड़े उठा लिए और पानी भरने चली गई। कमाल भीतर आया।

'दादा', उसने कहा, 'तुम कहाँ चले गए थे ?'

कबीर ने मुस्कराकर कहा, 'बेटा, तुझे ढूँढ़ने गया था।'

अबोध बालक समझ नहीं सका। उसने कहा, 'दादा, झगड़ा क्या हो रहा था ?'

कबीर ने उत्तर दिया, 'बेटा, आज बस्ती में अन्धों के बीच में एक हाथी आ गया था।'

'फिर ?' कमाल ने पूछा।

'फिर !!' कबीर ने कहा—

'ज्यों अँधरे कौ हाथिया सब काहू कौ ज्ञान,

अपनी अपनी कहते हैं काको करिये ध्यान।'

कमाल ने देखा और आँखें फाड़कर देखता रह गया।

नाथ जोगियों की बात काशी में फैल गई।

और कुछ ही दिन में सारी काशी बौखला उठी।

मुल्ला लोग कहने लगे। पंडित लोग कहने लगे। कहने को क्या नहीं कहा।

एक मुल्ला नमाज पढ़कर निकला। उसने कुछ नीच जाति के लोगों को कलमा पढ़ाया था। कबीर राह पर जा रहा था।

देखा तो गाने लगा—

अल्लाह राम जीव तेरी नाईं

जन पर मेहर करहु तुम साईं।

क्या मूँड़ों भीमहिं सिर नाए क्या जल देह नहाए।

खून करै मसकीन कहावै गुन को रहे छिपाए।

क्या भो उज्जू मज्जन कीने क्या मसजिद सिर नाए।

हृदये कपट नेजाव गुजारै का जो मक्का जाए।

हिन्दु एकादसि चौबिसि रोजा मुसलिम तीस बनाए।

बारह मास कहो क्यों टारो ये केहि मासँ समाए।

पूरब दिसि में हरि को बासा पच्छिम अलह मुकामा।

दिल में खोज दिले में देखो यहै करीमा रामा।

जो खोदाय मस्जिद में बसतु है ओर मुलुक केहि केरा,

तीरथ मूरत राम निवासी दुइ महँ कितहूँ न हेरा।

वेद किताब कीन झूठा झूठा जो न विचारै

सब घट माहिं एक करि लेखे भै दूजा करि मारै

जेते और मर्द उपाने[1] सो सब रूप तुम्हारा

कबिर पोंगड़ा[2] अलह राम का सो गुरुपीर हमारा।'

भीड़ ने जय-जयकार किया। नीच जातों में हल्ले हो गए। औरतों ने कबीर पर फूल बरसाए। बच्चे उसके नाम का जयजयकार करने लगे।

नाथ जोगी सामने नहीं आते थे। वह उनकी असांसारिकता को देखकर मजाक उड़ाता था। उनके जादू-टोने फीके पड़ने लगे। भीख पर पलते साधुओं के विरुद्ध उसने जो पुकारा तो काशी के बच्चे दुहराने लगे—

---

1. उपाने—उत्पन्न
2. पोंगड़ा—बालक

‘सती न पीसै पीसना
        जो पीसै सो राँड
साधू भीख न माँगई
        जो माँगे सो भाँड़ !’

वह गरीब था। जुलाहा था। मेहनत करता। खाता। परिवार पालता था। पोथी वालों को देखकर लड़के चिढ़ाते—

‘मेरा तेरा मनुआँ कैसे एक होइ रे।
        मैं कहता हूँ आँखन देखी,
तू कहता कागद की लेखी,
        मैं कहता सुरझावन हारी
तू राख्यौ अरुझाई रे।
        मैं कहता तू जागत रहियो
तू रहता है सोई रे।
        मैं कहता निर्मोही रहियो
तू जाता है मोही रे।
        जुगन जुगन समझावत हारा
कहा न मानत कोई रे।
        तू तो रंडी फिरे बिहंडी
सब धन डारे खोई रे।’

उसने एक अत्यन्त धनी सेठ के द्वार पर लगी भूखों की भीड़ देखकर एक दिन गाया—

‘नाम सुमिर, पछताएगा।
        पापी जियरा लोभ करत है
आज काल उठि जाएगा।
        लालच लागी जनम गँवाया
माया भरम भुलाएगा।’

वेश्याओं के कोठों की ओर जाते सुन्दर युवक तरुणों को देखकर उसने सुनाया—

‘भजु मन-जीवन नाम सबेरा,
सुन्दर देह देख जनि भूलो
        झपट लेत जस बाज बटेरा

यह देही को गरब न कीजै

उड़ि पंछी जस लेत बसेरा।'

बाजार में घबराहट फैल गई। रईसों के बेटे लोकलाज से छिप-छिपकर भागने लगे।

भरे मन्दिर में उसने गुसाईं जी पर चोट की—

'ऐसी दुनिया भई दिवानी

भक्ति भाव नहीं बूझै जी

कोई आवै तो बेटा माँगै

यही गुसाई दीजै जी,

कोई आवै दुख का मारा

हम पर किरपा कीजै जी,

कोई आवै तो दौलत माँगै

भेंट रुपैया लीजै जी,

कोई करावै ब्याह सगाई

सुनत सुगाई रीझै जी,

साँचे का कोई गाहक नाहीं,

झूठै जगत पतीजै जी,

कहै कबीर सुनो भाई साधो

अन्धों का क्या कीजै जी !'

नीच जातियों में तो खलबली मच गई थी। वे कबीर को घेरे रहते। घर पर लोई देखती। कबीर अलमस्त फक्कड़ बैठा रहता। गुसाईं जी का नौकर फटकारने आया। बोला, 'ऐ जुलाहे ! जानता है किससे टक्कर ले रहा है !'

गुसाईं ने नाथ जोगियों को खबर भेज दी थी। वे भी कबीर की हत्या करना चाहते थे। कबीर ने भीड़ में ही कहा, 'टक्कर !!

'खुल खेलो संसार में बाँधि न सक्कै कोय।'

'जा, जाकर कह दे—कबीर ने कहा है—

'जाकौ राखे साइयाँ मारि न सक्कै कोय।'

नौकर के पीछे और नौकर आ गए थे। पर कबीर ने तान छेड़ दी—

'डर लागै हाँसी आवै

अब जमाना आया रे !!

धन दौलत ले माल खजाना

वेश्या नाच नचाया रे।

मुट्ठी अन्न साध कोउ माँगै

कहैं नाज नहिं आया रे

कथा होय तहँ स्रोता सोवैं

वक्ता मूँड़ पचाया रे।

होय जहाँ कहिं स्वाँग तमासा

तनिक न नींद सताया रे,

भंग तमाखू[1] सुलफा गाँजा

सूखा खूब उड़ाया रे।'

और जब यह सम्वाद गुसाईं जी के पास पहुँचा वे क्रुद्ध हो उठे। बोले, 'वह ईश्वर को तो मानता है न ?'

ऋषि ने कहा, 'मानता है महाराज, पर वे वेदों को नहीं मानता। कहता है व्यर्थ हैं। महाराज ! वह तो कहता है संस्कृत कुएँ का बँधा हुआ पानी है।

'बहता पानी तो भाखा है।' (अर्थात् जन भाषा)

'अच्छा !!' गुसाईं जी ने सिर हिलाया।

'बलख क्या हो आया, मुसलमान हो गया ! पहले तो अवतारों को मानता था।'

'अब नहीं मानता ?' वे चौंके।

'मानता ? महाराज ! वह तो खुले आम कहता है कि राम को दशरथ का बेटा मैं नहीं मानता। मेरा राम तो उससे परे है, उससे भी परे है !'

'निर्गुणिया है ?'

'नहीं महाराज! वह तो कहता है—

'निर्गुन सर्गुन से परे तहैं हमारा ध्यान !'

'अरे तेरा ध्यान !!' एक वृद्ध ब्राह्मण ने घृणा से कहा।

'महाराज, पहले से तो वह बहुत बदल गया है।' ऋषि ने कहा—'पहले वह जोगियों से उलटबासियाँ कहता था, छेड़ता तो तब भी था, पर अब तो खुले आम इज्जत उतारता है। उसे डर ही नहीं। मैंने कहा तो बोला कि साई मेरा रक्षक है। क्या कहता है, जानते हैं—

'बाल न बाँका करि सकै जो जग बैरी होय।'

'अच्छा जी !!' गुसाईं जी ने कहा—'वह है किस पंथ का ?'

'किसी का नहीं महाराज! बस भक्ति, ज्ञान की अजीब बातें कहता है।

---

1. तम्बाखू शब्द क्षेपक लगता है क्योंकि कबीर के समय में भारत में तमाखू नहीं थी।

जात-पाँत वह नहीं मानता। कुछ पण्डित कथा बांच रहे थे। उधर भूखे इकट्ठे हो रहे थे। पण्डितों ने उन्हें शोर करने पर डाँटा तो झट भूखों की ओर खड़ा होकर बोल उठा—

'कबिरा छुधा है कूकरी

करत भजन में भंग,

याको टुकड़ा डारि कै

सुमिरन करो निसंक।'

'पंडित बिचारे कहाँ से लाते ! चले आए।'

'सर्वनाश हो गया,' गुसाई जी ने कहा।

वृद्ध ब्राह्मण ने कहा, 'अब क्या कह ? गंगा घाट पर मैं माला फेर रहा था उधर से कुछ औरतें निकलीं। मैंने माला फेरते-फेरते देखा कि कोई उन्हें छेड़ न दे, बस झट ही तो बोल उठा—

'माला फेरत जुग भया फिरा न मन का फेर

कर का मनका डारि दे मन का मन का फेर।

कबिरा माला मनहिं की और संसारी भेख

माला फेरे हरि[1] मिलैं गले रहँट के देख।

माला तो कर में फिरे जीभ फिरै मुख माहिं

मनवाँ तो चहुँ दिसि फिरै यह तो सुमिरन नाहिं।'

'सब औरतें हँसने लगीं। मेरी तो नाक कट गई। और यही नहीं। पिण्डदान देने बहुत-से गाँव के लोग आए थे। पण्डा बता रहे थे, वे सिर मुँडा रहे थे। बोल उठा—

'मूँड़ मुँड़ाए हरि मिलैं सब कोइ लेओ मुँडाय,

बार बार के मूँडते भेड़ न बैकुँठ जाय।'

गुसाई जी ने कहा, 'उसकी पिटाई क्यों नहीं होती ?'

'महाराज, सारी नीच जातें उसके साथ हैं। अकेला तो उसे वे लोग छोड़ते ही नहीं, शेर बना घूमता है।'

'अजी !' पुजारी नैनउजागर ने कहा, 'कथनी-करनी का बड़ा हुल्लड़ मचा रखा है उसने।'

'तो भई, वह कहता क्या है ? सगुण नहीं, निर्गुण नहीं, फिर है क्या उसका भगवान ?'

---

1. ईश्वर

'महाराज, मैंने पूछा था।' ऋषि ने कहा—'बोला, न वह भारी है, न हल्का है, मैंने तो उसे देखा नहीं। और जो देख भी लिया होता तो तुम विश्वास कब करते। साईं जैसा है वैसा ही रहेगा। उसे अद्भुत मत कहो, और कहते हो तो छिपाकर धर लो। वह सब तो वेद-कुरान में भी नहीं लिखा। न कोई पाता है, न खोता है, उसके पक्ष में तो सब भरपूर है, ज्यों का त्यों है।'

'उसका गुरु कौन है ?'

'गुरु को वह गोविन्द से बड़ा बताता है।'

'सूफी है, यवन ?'

'नहीं महाराज !'

'तो सहजयानी होगा, या पुराना शैव तो नहीं है ?'

'नहीं महाराज।'

'शाक्त है ?'

'शाक्तों के लिए तो उसने जोर से कहा था—

'कबिरा संगत साधु की

जौ की भूसी खाय

खीर खाँड भोजन मिलै

साकट संग न जाय।'

'शाक्त गाली देने लगे। रोकने वालों ने रोका तो कबीर ने कहा कि कुत्ते और शाक्त को बोलने दो, जवाब मत दो।'

ऋषि ने आँखें फाड़ दीं।

'बाप रे ! डरता नहीं। वे तो भयानक लोग होते हैं ऋषि !'

'महाराज ! कल तो उसने गजब कर दिया। कुछ सिपाही जुलाहों को मार रहे थे। कुम्हार चाक चला रहा था। कबीर आगे बढ़ आया और ललकारकर बोला—

'माटी कहै कुम्हार से तू का रूँदे मोहि,

इक दिन ऐसा होयगा हौं रोदोंगी तोहि।'

'सिपाही चले गए ?'

'हाँ महाराज। नगर में कुछ तपस्वी आए थे। लोग उनके दर्शन करने जा रहे थे। एक साधु जीवित ही समाध में उतरने वाला था। कबीर ने फट्ट ही तो चोट कस दी।'

'क्या कहा ?'

'क्या कहा था ?' ऋषि ने वृद्ध से पूछा।

'बोला,' वृद्ध ने कहा—

'दुर्लभ मानस जन्म है देह न बारम्बार

तरवर ज्यों पत्ता झड़ै बहुरि न लागै डार।

'हमने रोका, बुद्धि की दुहाई दी तो बोल उठा—तुम तो चेले हो। आजाद नहीं हो। बँधे हुए हो—

'जैसा अन-जल खाइये तैसा ही मन होय,

जैसा पानी पीजिए तैसी बानी सोय।'

गुसाई जी हिल उठे।

काशी के दशाश्वमेघ घाट पर ब्राह्मणों में स्नान करते हुए बहस हो रही थी।

रघुपति मिश्र ने कहा, 'क्या कहते हो। हम नहाकर चले तो कहने लगा—उस नहाने-धोने से क्या लाभ जो मन का मैल नहीं जाय। पानी में मछली तो सदा ही पड़ी रहती है पर धोने से क्या बास जाती है ?'

पण्डित कथावाचक राधेशरण ने कहा—'मैं तो काशी छोड़ जाऊँगा।'

'क्यों, क्यों ?' सबने पूछा।

पण्डित रुँआसे होकर बोले, 'अब मुझे ही बताना होगा। बोला—

'पोथी पढ़ि पढ़ि जग मुआ पंडित हुआ न कोय

एकै अक्षर प्रेम का पढ़े सो पण्डित होय।'

'मैंने जो घूरकर देखा तो बोल उठा—

'पंडित और मसालची दोनों सूझे नाहिं

औरन को कर चाँदना आप अँधेरे माँहि।

पंडित नीलकण्ठ भी साथ थे। हमने कहा—जुलाहे ! तू समझ ! पण्डित नीलकण्ठ ने भी कहा तो बोलने लगा—

'ज्यों अँधरै कौ हथिया सब काहू को ज्ञान

अपनी अपनी कहत हैं काको धरिये ध्यान।

'अब भी काशी में रहने का धरम है ? ब्राह्मणों को ऐसे जुलाहे फटकारने लगेंगे तब तो काम चल चुका। प्रजा क्या कहेगी ?'

'प्रजा वही कहेगी जो अब कह रही है। सारे शूद्र उसीकी जय बोला करते हैं। सत्यानाश हो गया। मुझे भंगी छू गया। मैंने खड़ाऊँ मारी तो बोला—

'पंडित देखा मन यों जानी !

कहु धौं छूत कहाँ ते उपजी

तबहिं छूत तुम मानी

नादरु बिन्दु रुधिर एक संगै
　　　घट ही मैं घट सज्जै
अष्ट कमल[1] को पुहुमी आई
　　　कहँ यह छूत उपज्जै
लख चौरासी बहुत बासना
　　　सो सब सरि जो माटी
एकै पाट सकल बैठारे
　　　सींचि लेत धौं काटी।
छूतहि जेवन छूतहिं अचवन
　　　छूतहि जग उपजाया,
कहत कबीर ते छूत बिबर्जित
　　　जाके संग न माया।'

'अनर्थ हो रहा है। ब्राह्मणो ! जागो। धर्म के लिए उठो। उधर यवनों ने तो नाश कर ही रखा है, और यह नीच लोग तो वेद का टाट ही उलट देना चाहते है...'

पण्डित रघुपति मिश्र ने हाथ उठाकर कहा—'दीन बन्धु, दयानिधे शिवशम्भो, शिवशम्भो...'

कबीर ने कहा, 'लोई मुझे चारों ओर मुसीबत दिखाई देती है। लोग जो कहते हैं वे करते नहीं। कथनी आसान है, मीठी है, करनी कठिन है। लेकिन कथनी छोड़कर करनी पकड़ने से ही विष भी अमृत हो जाता है।'

लोई ने बैठकर चर्खा चलाते हुए कहा, 'कन्त, मुझे तुम्हारे वे दिन याद आते हैं जब तुम जोगियों में उलटबाँसियाँ गाते-फिरते थे।'

कबीर ने कहा, 'मैं अपने जीवन को पलटकर देखता हूं, लोई। मुझे अजीब-सा लगता है। मैं नीच कुल में जन्मा। रामानन्द गुरु ने मुझे चेत दिया। वह सचमुच एक झटका था। मैंने देखा, मैं उस उपदेश के फलस्वरूप एक बार अपने पुराने भय और बन्धन तोड़ सका। मैंने देखा, जोगी-सूफी, अवतारवादी, पुराणवादी, वेद और कुरानवादी सब छोटे थे। और मैंने देखा भगवान का रहस्य इन सबसे परे है। मैं उसे ही गाता रहा, लोई, पर अब देखता हूं, अब अनुभव करता हूं, कि संसार तो प्रेम है। धरम क्या है ? संसार में ढंग से रहना धरम है और कुछ नहीं।'

----

1. आठ कमल का शरीर।

लोई ने उठकर कहा, 'कमाल पूछता था...'

'क्या ?'

'यही कि दादा बदलते क्यों हैं ?'

'उससे कह लोई—

> 'मारग चलते जो गिरै
>
> ताको   नाहीं   दोस
>
> कह कबीर बैठा रहे
>
> ता सिर करड़े कोस।
>
> कहता तो बहुता मिला।
>
> गहता मिला न कोइ।
>
> सो कहता बहि जान दे
>
> जो नहिं गहता होइ।
>
> करनी बिन कथनी कथै
>
> अज्ञानी   दिन   रात
>
> कूकर ज्यों झूँकत फिरै
>
> सुनी   सुनाई   बात।'

लोई मुस्कराई। बोली, 'यही मैंने कहा था।'

'क्या कहा था लोई ?'

'यही कि जिस तरह पहले घुटनों पर चलते हैं फिर दोनों पाँव पर चलते हैं, उसी तरह आदमी की समझ भी धीरे-धीरे ही पकती है।'

लोई का ताना

मैंने पूछा था, 'अम्माँ ! दादा कहाँ चले गए हैं ?'

अम्मा तब बैठी ताना कस रही थी। वह काम करती गई और उसने कहा था। मैं पूछता, वह बताती।

'बेटा ! मैं कैसे बताऊँ ?'

'क्यों ?'

'केवल यही जानती हूं कि वे चले गए हैं।'

'तो क्या माँ, वे हमें छोड़कर चले गए हैं ? जैसे और साधु-संन्यासी-जोगी घर छोड़कर चले जाते हैं ?'

'नहीं बेटा ! वे ऐसे न थे। वे तो गृहस्थ थे और उन्होंने कभी वन को अपनी मुक्ति का रास्ता नहीं समझा।'

'तो फिर वे क्यों गए ?'

'बेटा ! दुनिया को जब तक आदमी घूम-फिरकर देख नहीं लेता तब तक उसे चैन नहीं आता।'

माँ चुप रही थी। मैंने उसके मुँह पर एक करुण छाया देखी थी। उसने फिर कहा, बेटा ! तेरा बाप कोई मामूली आदमी नहीं है, इतना मैं जानती हूं। वह बड़ा कवि है। लोग उसका नाम डरते हुए लेते हैं। जब वह काशी में था, तब लोग उससे घबराते थे। वह साधुओं की संगत में बैठता था। साधुओं से बड़े-बड़े सवाल-जवाब होते थे। साधु हार जाते थे। एक दिन किसी ने कह दिया कि कबीर तो लबार है। घर में नारी के मोह में फँसा हुआ है और दुनिया को उपदेश देता फिरता है। आदमी ही तो थे वह, बात लग गई, चले गए।'

माँ न आँखें पोंछीं।

'तो क्या वे अब कभी नहीं लौटेंगे ?'

'वे अवश्य लौटेंगे बेटा। जरूर आएँगे। वे क्या वहाँ शान्ति पा सकते हैं। नहीं, कभी नहीं। वे तो कहा करते थे—

'तेरा साईं तुझ में

ज्यों पुहपन में बास

कस्तूरी का मिरग ज्यों

फिर फिर ढूँढै घास

'यह कहकर तो उन्होंने रमते जोगियों को चुप कर दिया था बेटा।'

माँ ने कोमल मीठे स्वर से गाया और मैंने उसके मुँह पर दिव्याभा देखी—

'जा कारन जग ढूँढ़िया

सो तो घटि ही माँहि

परदा दीया भरम का

तातें सूझै नाहिं।

जेता घट तेता मता

बहु बानी बहु भेख

सब घट व्यापक है रहा

सोई आप अलेख।

भूला भूला क्या फिरै

सिर पर बँधि गई बेल

तेरा साईं तुझ में
               ज्यों तिल माँही तेल।
ज्यों तिल माँहि तेल है
               ज्यों चकमक में आगि
तेरा साईं तुज्झ में
               जागि सकै तो जागि।
पावक रूपी साइयाँ
               सब घट रहा समाय
चित चकमक लागै नहीं
               ताते बुझि-बुझि जाय।'

मां गाकर शान्त हुई। मैंने पूछा, 'अम्माँ !'

'क्या है बेटा !'

'माँ, लोग कहते हैं, वे सबसे लड़ जाया करते थे ?'

'झूठ कहते हैं बेटा। बस उनमें एक बात थी। वे बुराई को देखकर चुप रहना नहीं जानते थे। ढोंगी से उन्हें चिढ़ थी। बहुत-से लोग मन्दिर में बैठे माला जपते हैं, मुँह से राम-राम करते हैं, छुआछूत करते हैं, पर हिंसा भी करते हैं, यह सब उन्हें पसन्द नहीं था। वे तो कहते थे—

'शून्य मरै अजण मरै
               अनहदहू मरि जाय
राम सनेही ना मरै
               कह कबीर समुझाय।'

मैंने पूछा, 'माँ ! वे क्या जोगियों की तरह लोगों को डराते थे ?'

माँ ने सिर हिलाकर बड़े गर्व से कहा, 'बेटा ! कैसे कहूं ? जोगी क्या होंगे उनके सामने। वे तो प्रेम के भूखे थे। प्रेम ! प्रेम ही उनका जीवन था पुत्र !'

माँ अपने उल्लास को छिपा नहीं सकी, उसने कहा—'प्रेम की साधना करते-करते तो उन्होंने देखा था कि सारा संसार प्रेम के ही बल पर चल रहा है। माँ ने गाया—

'सीस उतारै भुइँ धरै
               ता पर राखै पाँव,
दास कबीरा यों कहै
               ऐसा होइ तो आव !

छिनहिं चढ़े छिन ऊतरै
                सो तो प्रेम न होय,
अघट प्रेम पिंजर बसै
                प्रेम कहावै सोय,
जब मैं था तब गुरु नहीं
                अब गुरु हैं हम नाहिं,
प्रेम गली अति साँकरी
                ता मैं दो न समाँहि।'

माँ तो अपने को भूल गई थी। उसे उन शब्दों में लग रहा था जैसे पिता सामने खड़े हो गए हों। उसने कहा, 'बेटा, प्रेमरस पीने की चाह रखने वाला कभी मान नहीं रख सकता, एक म्यान में दो खड्ग तो साथ-साथ रह ही नहीं सकते। तेरे पिता क्या यही नहीं कहते थे ? मैं कैसे मान लूँ कि वे इसीलिए घर को छोड़ गए हैं। उन्होंने ही तो कहा था—

'काँच कथीर अधीर नर
                ताहि न उपजै प्रेम
कह कबीर कसनी सहै
                कै हीरा कै हेम।
कसत कसौटी जो टिकै
                ताको सबद सुनाय
सोई हमारा बंस है
                कह कबीर समुझाय।'

माँ जब अकेली होती तो मैं देखता कि वह ताने पर काम करती रहती, पर कभी-कभी वह विह्वल स्वर में बोलने लगती, 'चले गए हो चले जाओ। पर सच कहो, तुम्हें कभी घर की याद नहीं आती ? तुम्हें कभी कमाल याद नहीं आता ? आखिर जिस बड़े धन को खोज-खोजकर हार रहे हो, उसे घर बैठे क्या जीत नहीं सकते थे ? मैं जानती थी, तुम कभी-कभी घबरा जाते हो। मैं जानती हूं, तुम जोगियों की तरह नीरस नहीं थे। तुमने कभी मेरा अपमान नहीं किया। और उस बार तुम सात-दिनों को चले गए थे तो तुमने क्या कहा था—

'विरहिन देह सँदेशरा
                सुनो हमारे पीव
जल बिन मच्छी क्यों जिये
                पानी में का जीव !

अँखियाँ तो झाई परी
          पंथ   निहार   निहार
जीहडियाँ छाला परा
          नाम   पुकार   पुकार।

'मैंने हँसकर कहा था : ओ बैरागी ! क्या कहते हो। कोई सुनेगा तो क्या कहेगा !'

'पर तुमने कहा था, 'लोई ! मैं और तू दो नहीं हैं। प्रेम तो मैंने तुमसे ही सीखा है। मैं तेरी वेदना को जब समझता हूं तब ही मुझे लगता है, मैं राम के पास पहुँच गया हूं। तेरे विरह की शक्ति ही मेरी जड़ता को, मेरे अहंकार को नष्ट करती है। तू होती है तो मैं राम को अपने में पाता हूं, मुझे फिर तृष्णा नहीं रह जाती लोई। तू प्यार करना जानती है। इस प्रेम से ही अंडकटाह चल रहा है। यह एक तरह का आलोक है।'

माँ ने आँखें पोंछ ली थीं और वे फिर अपने-आपसे कहने लगी थीं—'मेरे कंत ! तुम चले गए हो। दुःख तो होता है पर जब तुम लौटकर मिलोगे तब कितना न अच्छा लगेगा। तुम अपना भरमना छोड़ आओगे और मैं फिर जी उठूँगी। मुझे एक-एक बात याद है। तुम आओ। मैं तो अभी से गाती हूं बलम, तुम जहाँ भी हो वहीं से सुनो, तुम्हीं तो कहते थे, फिर आज क्या याद नहीं आएगी—

'कै विरहिन को मीच दै
          कै   आपा   दिखलाय
आठ पहर का दाझना
          मोपै   सहा   न   जाय।
येहि तन का दिवला करौं
          बाती   मेलौं   जीव
लोहू सींचौं तेल ज्यों
          तब मुख देखौं पीव।
हवस करै पिय मिलन की
          औ   सुख   चाहै   अंग
पीर सहे बिनु पद्मिनी
          पूत   न   लेत   उछंग।
मूए पीछे मत मिलौ
          कहै   कबीरा   राम

लोहा माटी मिल गया
तब पारस केहि काम।
पिय बिन जिय तरसत रहै
पल पल विरह सताय
रैन दिवस मोहिं कल नहीं
सिसक सिसक जिय जाय।'

अरे माँ फूट-फूटकर रोने लगी थी। मैं भी रोने लगा था, पर माँ को पता न चल जाय इसलिए मैं भीतर नहीं गया था, बाहर ही घुटनों में मुँह दिए बैठा रहा था। कब तक माँ रोती रही थी, यह याद नहीं रहा, पर जब भीतर गया था तो देखा था, माँ धरती पर छाती के बल सो गई थी, उसके मुँह के चारों तरफ उसके सिर के खुले बाल बिखर गए थे। और नींद में भी उसके मुख पर मुझे एक बड़ा मीठा-सा दुलार दिखाई दिया, वह कितनी करुण थी...मेरी माँ...मेरी अम्माँ...मेरा वह पेड़, जिसने धूप में जल-जलकर भी मुझपर छाया कर रखी थी...

माँ ने कहा था—

एक दिन कबीर बाजार में चला जा रहा था। गुसाई हरिहरानन्द चले आ रहे थे। उनकी बड़ी प्रसिद्धि थी कि वे त्यागी थे। उनके दर्शनी उनके साथ-साथ आ रहे थे।

कबीर उन्हें देखकर एक किनारे हट गया।

गुसाई जी ने देखा। अभी तक उसने प्रणाम नहीं किया था।

पूछा : 'ऋषिलाल !'

'हां महाराज !' ऋषिलाल ने कहा। वह उनका चेला था।

'यह जुलाहा वही है न जिसने काशी में ऊधम मचा रखा है ?'

उस वक्त भीड़ जमा होने लगी।

ऋषि ने कहा, 'देखता नहीं ! गुसाई महाराज चले आ रहे हैं ! कैसा कलि है। प्रणाम तक नहीं किया जाता ! जानता नहीं वे कितने त्यागी हैं !'

कबीर खड़ा रहा। फिर उसने चिल्लाकर कहा—

'कबिरा खड़ा बजार में सब की माँगै खैर,
ना काहू से वास्ता ना काहू से बैर।'

भीड़ और पास आ गई।

कबीर ने फिर कहा—

‘कबिरा खड़ा बजार में लिए लकुटिया हाथ

जो घर जाकै आपना सो चलै हमारे साथ।’

ऋषि पीछे हट गया। भीड़ चिल्लाई, ‘कबीर की जय !’

‘अरे !’ ऋषि ने कहा, ‘अन्धे हो गए हो। अच्छे-बुरे की पहचान नहीं ! काशी का त्यागी-परमार्थी खड़ा है और तुम जय कबीर की बोल रहे हो। इसका धर्म कहाँ है ?’

गुसाई जी ने कहा, ‘जाने दे वत्स ! उसे छोड़। राह चल। कलि की कुचाल है। समय का फेर है।’

कबीर ने कहा, ‘गुसाई महाराज की जय ! वे जय चाहते हैं तो क्यों नहीं बोलते तुम ? अरे पागलो ! काशी के रहने वालो।

‘जहँ आपा तहँ आपदा

जहँ संसय तहँ सोग,

कह कबीर कैसे मिलैं

चारों दीरघ रोग।’

ऋषि क्रुद्ध हो उठा। उसने कहा, ‘ऐ जुलाहे ! तू नहीं जानता, तू किस से बात कर रहा है ?’

कबीर ने हाथ जोड़कर कहा, ‘महाराज ! आप क्रोध न करें। उसका पाप मुझे चढ़ता है क्योंकि आपका तप मेरे कारण घट रहा है।’

‘कोटि परम लागे रहै एक क्रोध की लार,

किया कराया सब गया जब आया अहंकार।

माया तजी तो क्या भया मान तज्या नहिं जाय,

जेहिं मानै मुनिवर ठगे मान सबन का खाय।’

ऋषि भभूका हो गया। गुसाई जी ने देखा तो भन्ना उठे। पर भीड़ ने कबीर को घेरकर कन्धों पर उठा लिया था।

जब वह घर आया, लोई ने कहा, ‘घर में तो कुछ खाने को नहीं बचा। अभी तुम्हारा काम भी पूरा नहीं हुआ। फिर क्या करोगे ? मेरी चिन्ता मत करो। मैं तो भूखी रह लूँगी, पर तुम्हें तो भूखा नहीं देख सकती।’

कबीर सोचता रहा। फिर कहा, ‘लोई, हम गरीब हैं। लेकिन क्या तू इससे डरती है ?’

लोई ने अभय नेत्रों से देखा।

कबीर ने कहा, ‘यह गरीबी बहुत अच्छी है लोई। गरीब ही सबका मुँह देखता है। दीन को कोई नहीं देखता। दीन को गर्व नहीं होता। मुझे यह दीनता

भली लगती है लोई, यह नर को देवता बना देती है। दीन ही सबसे आदर से बात करता है। वही तो बड़ा है लोई जिसमें स्वभाव की नम्रता है।'

लोई ने कहा, हम मेहनत करके खाते हैं कंत। किसी का माल तो नहीं मारते ?'

कबीर ने कहा, 'हम झुकते हैं, परन्तु अपने को यों झुकाना अच्छा है, कि दूसरों के लिए झुकना। झुकने वाला पलड़ा ही तराजू में भारी होता है लोई। पानी ऊपर नहीं टिकता, नीचे आकर टिकता है। जो नीचा होकर भरता है वह पीता भी है, जो सिर्फ ऊँचा बनता है, वह तो प्यासा ही चला जाता है। ये जो दबे हुए अधीन हैं, नीचे-नीचे हैं, यह सब पार लग जाएँगे लोई, पर जो ऊँचे हैं, कुलीन हैं, उनका जहाज अभिमान का है, वह इस संसार के समुन्दर में हमेशा डगमगाता है। वह डूब भी जाएगा।'

लोई ने कहा, 'दीन हम नहीं हैं कंत ! दीन तो वे हैं जो आत्मा बेचकर पाप से पेट भरते हैं, जो कुछ दिनों के रहने के लिए दूसरों के पेट काटते हैं, गर्व करते हैं। लेकिन मैं तो और बात कहती थी !'

'वह क्या ?'

'जो कहीं कोई साधु आ गया तो कैसे सत्कार करोगे ?'

कबीर ने दरी पर लेट लगाते हुए कहा—

'चाह गई चिन्ता गई

मनुआ   बेपरवाह

जिनको कछू न चाहिए

सोई   साहंसाह।

मरि जाऊँ माँगू नहीं

अपने तन के काज

परमारथ के कारने

मोहि न आवै लाज।'

लोई प्रसन्न-सी पास पड़ी चटाई पर लेट रही।

माँ ने कहा, 'बेटा कमाल !'

मैं पट्टी-बुदका लिए बैठा था। पड़ोस के बच्चों से मैं अच्छा लिखता था। माँ ने मेरी पट्टी देखी। मुझे क्या खबर थी कि वह कुछ भी पढ़ना नहीं जानती थी। पर उसकी आँखें तेज थीं।

मैंने पूछा, 'अम्माँ ! कैसी लिखी है ?'

'अच्छी है बेटा।' माँ ने कहा और खाट की पाटी से पीठ टेककर बैठ गई। बोली, 'तू अपने मन से भी कुछ लिख सकता है ?'

'नहीं अम्माँ ! कोई बोल दे तो लिख लूँगा।'

'सच !!' माँ की आँखों में आँसू आ गए। वह बहुत प्रसन्न हुई थी। उसकी खुशी देखकर मेरी हिम्मत बँधी थी। कहा था, 'तू बोल माँ। मैं लिखूँगा।'

'लिख लेगा ?' उसने अचरज से पूछा।

'क्यों नहीं माँ ! तू बोल तो सही।'

'अच्छा लिख।' माँ ने कहा।

मैं लिखने लगा। माँ बोलने लगी—

       'मन तू मानत क्यों न मना रे।'

'धीरे-धीरे बोल अम्माँ।'

'अच्छी बात है।'

माँ बोलती गई। मैं लिखता गया।

लिखकर मैंने कहा, 'पढ़कर देख अम्माँ ! ठीक लिखा है ?' वह क्षण-भर ठिठकी। फिर उसने पढ़ा :

'मन तू मानत क्यों न मना रे

कौन कहन को कौन सुनन को

दूजा कौन जना रे।

दरपन में प्रतिबिम्ब जो भासै

आप चहूँ दिसि सोई

दुविधा मिटे एक जब हावै

तो लख पावै कोई

जैसे जल ते हेम बनत है

हेम धूम जल होई

तैसे या तत वाहू तत सों

फिर यह अरु वह सोई,

जो समझै तो खरी कहन है

ना समझै तो खोटी

कहत कबीर दोऊ पख त्यागै

ताकी मति है मोटी।'

माँ चुप हो गई। मैंने कहा, 'ठीक है ?'

'हं।'

'बिल्कुल ठीक है ?' मुझे आश्चर्य हुआ।

'हां !' माँ ने कहा।

'यह कैसे हो सकता है !' मैंने कहा, 'आज तक ऐसा कभी नहीं हुआ ? अब के कैसे जादू हो गया ? तू बताती क्यों नहीं ?'

माँ ने मुझे रूठा देखा तो मुझे छाती से लगा लिया। कहा, 'बेटा !' बहुत दिन बाद वह दिन भी आ गया। तेरे बाप के अनमोल बोल बिखरे पड़े हैं। उन्हें तू बटोर लीजो भला।'

माँ को कितनी शान्ति मिल रही थी। मुझे तब मालूम न था कि वह पढ़ना-लिखना नहीं जानती थी। पर वह इतना जानती थी कि यह सब कुछ कीमती था, जिसकी रक्षा करना आवश्यक था।

उस समय मैंने पूछा था, 'माँ ! तू ही क्यों नहीं लिखती ?'

माँ ने कहा था, 'बेटा ! मुझे उनकी बहुत-सी बात याद हैं। ऐसी मन पर लकीर-सी खिंची धरी है। तू लिखेगा न ? आ काम बाँट लें। मैं बोलूँगी—तू लिखेगा। ठीक है न ?'

'हां ! 'मैंने सिर हिलाकर कहा था। माँ ने मुझे चूम लिया था। सच, मैं पिता की धरोहर ही तो था !!

और फिर माँ लिखाती, मैं लिखता।

उस दिन शाम हो गई थी।

माँ बड़ी-सी नांद में घड़े से पानी डाल रही थी।

उसी समय द्वार पर मैं चिल्लाया, 'माँ ! देख तो, ले दादा आए हैं।'

माँ के हाथ से घड़ा छूट गया।

मैंने देखा सिर उठाए हुए मुस्कराते हुए मेरे पिता ने कहा, 'फूटा कुम्भ जल जलहिं समाना !'

माँ ने लाज से माथा ढँक लिया और मुस्करा उठी। उस समय वह पूर्ण तृप्त-सी खड़ी रही।

पिता अचकचा गए, कहा, 'मैं आ गया हूं लोई।'

'तुम गए ही कहाँ थे कंत ? मुझे तो यह याद नहीं कि तुम्हारे बिना भी, मैं कभी यहाँ रही थी।'

पिता की आँखों में आँसू आ गए, जैसे वे इतने दिनों बाद आज पूर्ण हो गए थे। उन्होंने गद्गद स्वर से कहा—

'जिन पावन[1] भुईं[2] बहु फिरे
घूमे   देस   बिदेस
पिया मिलन जब होइया
आँगन   भया बिदेस।
नोन गला पानी मिला
बहुरि न भरिहै गौन,
सुरत शब्द मेला भया
काल रहा गहि मौन !
कहना था सो कह दिया
अब कछु कहा न जाय,
एक   रहा   दूजा   गया
दरिया लहर समाय।'

और वे दोनों एकटक देखते रहे। दोनों के नयनों से आँसू बह रहे थे। मैं समझा नहीं। मैंने पिता का हाथ पकड़ लिया और कहा, 'अम्माँ ! देख, दादा आए हैं।'

माँ चौंक उठी। उसने आँसू पोंछ लिए। पिता के चरण छुए और ऐसे हँसकर खड़ी हो गई जैसे वे कहीं बाहर से नहीं आए थे, सिर्फ बाजार होकर आए थे।

पिता बैठ गए। मैंने देखा, वे बेसुध-से थे।

मैंने कहा, 'दादा, कहाँ गए थे ?'

पिता ने मेरा सिर चूमकर कहा, 'बेटा, मैं राम ढूँढने गया था।'

'कौन राम, दादा ? मिला ? कहाँ तक गए थे ? कहाँ मिला ?'

पिता ने मुस्कराकर कहा—'मिल गया बेटा। बलख तक गया, पर कहीं नहीं मिला। वह तो मैं घर ही छोड़ गया था।'

'घर में ? कहाँ है दादा ?'

'करघे में है बेटा। यही अन्न देता है न ? मेहनत करके खाना ही राम का 'र र' है। और दूसरों की उससे सेवा करना ही उसका 'म म' है। इसके अलावा कुछ नहीं है।'

माँ पास आकर बैठ गई। कहा, 'कंत ! कमाल बहुत रोता था।'

'झूठी,' मैंने कहा, 'मैं रोता था कि तू रोती थी ! तू ही तो कहती कि...'

---

1. पाने को
2. पृथ्वी पर

‘छिः छिः बेटा। क्या कहता है ?’

मैं चुप हो गया तो दादा ने कहा, ‘बता बेटा ! कह न ! क्या कहती थी अम्माँ !’

मैंने माँ की ओर देखा। माँ मुस्करा रही थी। आँखों से मना कर रही थी, मैं देख रहा था, पर होंठों की मुस्कान में साहस भी तो दे रही थी। मैं कभी पिता की ओर देखता, कभी माँ की ओर। पिता ने देखा तो कहा, ‘यही तो है वह राम। भगवान भी तो माँ ही है। वह भी इतना ही स्नेही है, वह भी तो इतना ही पूर्ण है। लोई ! उसे मैं बाहर ढूँढ़ने गया था !’

‘यही तो माँ कहती थी।’ मैंने कहा।

माँ ने मुँह फेर लिया, लजाकर। मैंने कहा, ‘दादा, अम्माँ कहती थी, तेरे दादा बहुत अच्छे आदमी हैं पर मुझे एक ही दुःख लगता है कि वे इतने समझदार होते हुए भी अपनी असलियत को भूल गए। अगर हम माया भी थे, तो उन्हें कायरों की तरह घर छोड़ जाना चाहिए था ! लोभ-मोह-काम को जीतना था तो एकान्त में जाकर क्या छोड़ना ! जहाँ भगवान की जरूरत है वहीं तो उसकी साधना करनी चाहिए !’

पिता क्षण-भर अवाक् रहे। फिर कहा, ‘तूने रटा है यह सब, क्यों ?’

‘माँ ने सिखाया था।’

‘क्यों ?’

‘कहती थी अगर मैं मर गई तो पिता के मिलने पर यही कह दीजो।’

पिता बैठकर माँ की ओर देखते रहे। उनके नेत्रों में क्या था यह तो मैं नहीं जानता, पर माँ शर्मा गई थी। पिता ने बड़ी देर तक देखा और फिर उन्होंने धीरे से कहा था, ‘ठीक कहती है लोई। जो हंस की तरह दूध-पानी को अलग कर लेता है, वही पार उतर पाता है। साहेब का ही तो दीदार सब जगह दिखाई दे रहा है। उनकी बनाई दुनिया में अपने मन के मैल की परछाई को माया बनाकर दूसरों पर थोपना पाप ही तो है। आधा भरा घड़ा ही छलकता है बेटा। लोई ठीक कहती है। पानी से ही हिम बनती है, हिम ही गलकर पानी बनता है। जो होता है वही बनता है, कहने लायक कुछ भी नहीं रहता बेटा।

> ‘गगन गरजि बरसै अमी बादल गहरि गँभीर।
> चहुँ दिसि दमकै दामिनी भींजै दास कबीर।।
> अब गुरु दिल में देखिया गावन को कछु नाहिं।
> कबिरा जब हम गावते तब जाना गुरु नाहिं।’

और पिता ने कहा, ‘लोई ! बहुत दिन पहले तूने कहा था न, तो मुझे अब

मालूम हुआ है। मैं जब एक से लगा, तो सब एक हो गया। सब मेरा हो गया, मैं सबका हो गया, मुझे आज कोई दूसरा दिखाई नहीं देता।'

माँ उठी। रोटी ले आई।

मैंने कहा, 'माँ ! तू क्या खाएगी। रोटी तो यह तीन ही थीं।'

माँ ने मुझे फटकारते नयनों से देखा।

परन्तु पिता के नयनों में फिर आँसू आ गए। कहा, 'लोई ! बैठ। आज हम तीनों मिलकर खाएँगे। दूर-दूर तक भटकता रहता हूं। आज प्रकाश मिल रहा है तो उसे पूर्ण अविनासी हो जाने दे। वह प्रेम और संसार में ही मनुष्य को मिलता है। वह रहस्य है और अगम है, सबके परे है, परन्तु उसका अन्तिम सान्निध्य इस ममता और निष्कलंक प्रेम में ही है। वह भटकन जो इस प्रेम को बुरा कहती थी उसने मुझे संन्यासियों की तरह भीख मांगकर जंगल, वन, ग्राम, पहाड़ों पर ढोंगियों और अतृप्त छटपटाती आत्माओं के साथ घुमाया। यही माया थी। वह अहं ही माया का मूल था। वह माया घृणा का ही परोक्ष रूप थी। उसने सहज सत्य को ढँक लेना चाहा। मैं उस माया को छोड़ आया हूं। मेरा साईं यहीं है लोई। वह माया ठगिनी नैना झमकाकर रोक रही थी। उसने बड़े-बड़े ज्ञानियों को डुलाया है, उसने हाथ की मुट्ठी में सार तत्व को बन्द करवाके, त्रिभुवन में चक्कर लगवाए हैं। बड़े-बड़े महात्माओं को उस मन के भय ने कभी स्त्री, कभी बालक, कभी घर, जाने क्या-क्या रूप धर कर डराया है। गोरख, मच्छेन्द्र, दत्तात्रेय, राम, सब उसके चक्कर में फँस गए। साईं ने मेरी रक्षा कर ली है लोई। साईं ने मुझे बचा लिया। मेरे यहाँ तू थी। तूने मुझे बताया है...'

और पिता ने अत्यन्त व्याकुल परन्तु एक विभोर स्वर में कहा—

'हरि से तू जनि[1] हेत कर

कर हरिजन से हेत

माल मुलुक हरि देत हैं

हरिजन हरि ही देत।'

मां बैठ गई। पिता ने एक-एक रोटी बाँट दी। मैंने कहा, 'खाओ दादा! तुम्हें मालूम है मां मुझे तुम्हारा कौन-सा गाना सुनाती थी ?'

मां ने कहा, 'तू खाता है कि बात करता है ?'

पिता ने कहा, 'क्या गाती थी बेटा ?'

मैंने धीरे से कहा—

---

1. मत

'प्रीतम को पतियाँ लिखूँ
जो कहूँ होय बिदेस
तन में मन में नैन में
ताको कहा सँदेस।'

पिता ने सुना तो रोटी रख दी। झूमने लगे। कहा, 'लोई। वाह !
'उठा बगूला प्रेम का तिनका उड़ा अकास
तिनका तिनका से मिला तिनका तिन के पास।'

और मां ने धीरे से कहा, 'याद है। उस दिन क्या कहा था तुमने—
'सौ योजन साजन बसै
मानौ हृदय मँझार
कपट सनेही आँगने
जानु समन्दर पार।
यह तत वह तत एक है
एक प्रान दुइ गात,
अपने जिय से जानिए
मेरे जिय की बात।'

पिता ने कहा, 'लोई, आज मैं मुक्त हो गया हूं लोई। आज कोई फाँस नहीं
रही—

'कबिरा हम गुरु रस पिया बाकी रही न छाक,
पाका कलस कुम्हार का बहुरि न चढ़सी चाक।'

तब मां के कहने से हम खाने लगे थे। एक-एक ही तो रोटी थी। खतम हो
गई। मां ने और पिता ने पानी पिया। मेरा पेट तो वह मोटी रोटी खाकर भर गया।
पर वे दोनों भूखे रह गए।

मां ने पूछा नहीं कि पिता कहां-कहां गए थे। मुझे कौतूहल हो रहा था। मैंने
मौका देखकर पूछा, 'दादा ?'

'क्या है रे !'

'तुमने क्या-क्या देखा दादा !'

'कुछ नहीं देखा बेटा। जो देखने लायक था वह तो घर में ही था। सब
चलने-चलने की कहते थे, मुझे अन्देशा तो होता था कि जब साहब से ही परिचय
नहीं है, तो कौन-सी ठौर पहुँचेंगे ? बाट विचारी क्या कर सकती है अगर पथिक
सुधार के नहीं चले। अपनी राह छोड़कर कोई दूर-दूर चलने लगे तो ? ऐसा कोई
न मिला जो हमें उपदेश देता। ऐसा कोई न मिला जिससे मन लगकर रहता।

सबको मैंने अपनी-अपनी आग में ही जलते हुए देखा। जैसे कथनी हो वैसी ही करनी भी चाहिए कमाल !'

मैं समझा नहीं। मां जरूर सुनती रही। उसने कहा, 'भूल क्यों नहीं जाते उस सबको।'

पिता क्षण-भर मां की ओर देखते रहे। कहा, 'लोई, मैं क्या करूँ ? तेरा संग पाकर भी मैं न सुधरा।

'संगत भई तो क्या भया हिरदा भया कठोर

नौ नेजा पानी चढ़े तऊ न भीजै कोर।

गुरु बिचारा क्या करै शिष्यहि में है चूक

शब्द बाण बेधे नहीं, बाँस बजावै फूँक।।'

'मां ने कहा, 'तुम सच नहीं मानोगे।'

वह प्रसन्न थी। वह आनन्द तो मैं नहीं समझा था, पर आज तक वह चेहरा नहीं भूला हूं। आज मुझे याद आने पर लगता है कि वह तो माता धरती थी, खूँदी गई, रौंदी गई, सूरज ने तपाया, पवन ने धू-धू करके अंग-अंग की चाम को छार-छार कर दिया, पर जब बादल आया और बरसने लगा तो उसने एक भी शब्द नहीं कहा कि तू कहां चला गया था। बादल बरसा, रोम-रोम सिंचित कर गया। धरती हँस उठी, उमंग उठी। उसने फिर फूलों की झड़ी लगाई। और मैं क्या कहूँ—

आसमान का आसरा छोड़ प्यारे उलटि देखो घट अपना जी

तुम आप में आप तहकीक करो तुम छोड़ो मन की कल्पना जी

बिन देखे जो निज नाम जपे सो कहिए रैन का सपना जी

कबीर दीदार परगट देखा तब जाप कौन का जपना जी।

आरम्भ

शाम हो गई थी। विश्वनाथ के मन्दिर में घण्टे बजने लगे थे। घननन-घननन का नाद गूँज रहा था। बाहर बने विशाल नन्दी काले पत्थरों के कारण चमक रहे थे। मन्दिर के विशाल स्तम्भों पर अंधेरे की छायाएँ पड़ने लगी थीं। और दीपाधारों में लटकती दीपशिखाएँ जगमग-जगमग कर रही थीं। असंख्य दर्शनी आते, घण्टों को बजाते और फिर भीतर चले जाते, शिवलिंग का दर्शन करते और लौट आते। भीतर से कभी-कभी समवेत वेदध्वनि उठती और तब गन्धधूम और फूलों की सुगन्धि काँपने लगती।

पथ पर एक सोलह बरस का लड़का खड़ा था। वह डरता हुआ-सा देख रहा था। हठात् वह आगे बढ़ आया। उसने कहा, 'काका !'

'कौन ?' एक अधेड़ आदमी ने मुड़कर कहा, 'कबीर !'

'हां, काका, मैं ही हूं।'

'अरे तू यहां क्या कर रहा है ?'

'कुछ नहीं ! वैसे ही खड़ा था।'

'लेकिन यह वैसे ही खड़े होने की जगह तो नहीं। वह तो गनीमत है तूने आगे जाकर अपना आसन नहीं जमाया, वर्ना बुरे हाथ पड़ते।'

'क्यों ?'

'जैसे तू जानता नहीं। तू जुलाहा, मैं जुलाहा। कौन नहीं जानता कि यहां के पुजारी कितने कट्टर हैं ! कोई देख लेता तो बावेल मच जाता। काशीराज तक खबर पहुँचती। वे सारे जुलाहों को आड़े हाथों लेते। और मेरी तो आफत ही थी। मैं ठहरा देवीलाल, उनके मनसबदारों का जुलाहा। मुझसे कहते, 'क्यों देवी ! तूने भी जागियों के असर में सिर उठाया है ? क्या कहता मैं कबीर ! चल बेटा, घर चल।'

'डरते क्यों हो काका ?' कबीर ने कहा—'मैं क्या भीतर थोड़े ही जाता था ? पर हमें वे इसी से तो नहीं जाने देते न कि हम नीच जात माने जाते हैं ? काका, हम नीच जात क्यों हैं ?'

देवीलाल ने कहा, 'शश...धीरे बोल, बेटा ! तूने इनका घमण्ड नहीं देखा।'

'घमण्ड ?' कबीर ने कहा, 'मैं देखता आया हूं, आज। दावत हो रही थी। जूठन फिंक रही थी। बाहर भंगी बैठे थे और वहां ठाकुर ऐसे जूठन फेंकता था कि कुत्ते और भंगी के बच्चे साथ-साथ झपटते थे। कितना भयानक लगता था वह सब ! इतने बेरहम यह कैसे हो जाते हैं काका ?'

काका देवीलाल ने कहा, 'चल बाहर। रुके मत तू कबीर ! गरीब की हर जगह आफत है। जिस पर जात अगर नीच हो गई तो समझ ले सत्यानाश हो गया। क्यों, तू क्यों मरता है ?'

'मैं मरता नहीं काका। सोचता हं। वह तो बड़ा महन्त है न !'

'हां बेटा, उसका बड़ा मान है।'

'मान है, पर काम तो उसके बड़े नीच हैं काका। सुबह कहारिन को छेड़ रहा थ। वह रो रही थी।'

'कोई कुछ कह रहा था ?'

'कुछ नहीं।'

'देख ले तू ही। अभी तीन दिन पहले की बात है। पण्डों ने औरत के जेवर उतार लिए और लाश गंगा में उतार दी। जिजमान रोता-चिल्लाता लौट गया। कोई सुनता है ?'

'काका, वे पण्डित जी जो गंगा पर कथा-पुराण सुनाते हैं, वे तो दया-धरम की बात करते हैं।'

'क्या कहता है वह ?'

'यही कि ब्राह्मण की पूजा करो और अपना लोक-परलोक बनाओ।'

'सो तो ठीक कहता है वह। सब मानुष एक से तो नहीं होते कबीर !'

'पर मुझे वह सुनकर अजीब-सा लगता है। क्या सचमुच हम इन लोगों से कुछ नीचे हैं ?

देवीलाल उत्तर नहीं दे सका। वह आगे चलता रहा। कबीर ने ही फिर कहा, 'जिसके संग दस-बीस हो जाते हैं वही महन्त हो जाता है काका।'

'बड़ा बातूनी है तू रे !'

'काका मैं तो बदला लूंगा।'

'किससे ?'

'उसी महन्त से !'

'किस बात का !'

'काका, तमाम पुजारी यहां-वहां जगह-जगह खूब पैसा लूटते हैं। यह मन्दिर है ? छुआछूत तो ऐसी जबर्दस्त है कि देखकर मेरा दिल कांप जाता है। परन्तु इनके कर्म तो इतने नीच हैं कि कहा नहीं जाता। पाखण्ड, घृणा, अहंकार और ईर्ष्या ही इनके भीतर भरी हुई है।'

'भरी हों तो वे अपना फल अपने-आप पाएंगे कबीर। तुझे ओखली में सिर देने की जरूरत क्या है बेटा ? भगवान को ही सुख देना मंजूर होता तो वह नीच कुल में हमें जन्म ही क्यों देता ? और जब जीवन में नरक पाया ही है तब उसे चुपचाप भोगकर अगला जन्म क्यों न ठीक बना लिया जाए ?'

जुलाहों की बस्ती आने लगी। देवीलाल चला गया। कबीर खड़ा रहा। वह अभी घर जाना नहीं चाहता था। अभी उसके भीतर तरह-तरह के विचार उठ रहे थे। जब वह घर पहुंचा तब आधी रात थी।

कबीर धीरे-से टट्टी हटाकर भीतर घुसा।

'कौन है ?' नीमा ने बिस्तर में पड़े-पड़े पूछा।

'मैं हूं अम्मां !'

'कहां चला गया था बेटा ?' वृद्धा ने खांसते हुए कहा, 'तेरा बाप जब से चला गया तब से मैं ही तो हूं। क्या तुझे मेरी याद नहीं आती ?'

'अम्मां !' कबीर ने उसके पास बैठकर कहा, 'कैसी बात करती है ! मैं गया ही कहां था ?'

और उसकी आंखों में वृद्ध नीरू का चित्र खिंच गया। वही तो उसका पिता था, पालने वाला था। मां ने ममता में कितना मर्मान्तक आघात किया था !

नीमा खांसने लगी। खांसते-खांसते उसकी आंखों में पानी आ गया।

कबीर को लगा खांसती मां थी, पर फंदा उसकी अपनी ग्रीवा में अटक रहा था। उसने खाट पर बैठकर मां को सहारा दिया। पानी पिलाया। कुछ देर बाद जब नीमा सुस्थिर हुई तो उसने कहा, 'बेटा !'

'क्या है मां !'

'जानता है मैं बूढ़ी हूं।'

'नहीं, मुझे यह भयानक बातें नहीं सुननी हैं।'

मां हंसी। वह दुलार की उमड़ती धारा थी। कहा, 'बेटा ! अब मैं जिऊंगी भी तो कितने दिन, आखिर तुझे कोई तो सहारा चाहिए। रोटी कौन करेगा तेरी ?'

'मैं खुद कर लूंगा अम्मां ! तू फिकर न कर।'

'अच्छा सुसरे ! मैं अब बन्द कर दूंगी, तो दो दिन में तुझे आटे-दाल का भाव मालूम पड़ जाएगा।'

वृद्धा हंसी। कबीर भी। वृद्धा ने कहा, 'बेटा! तू मां को चाहता है, उसके बारे में कुछ भी बुरा नहीं सोचना चाहता न ? पर एक बात याद रख ले, जैसे एक दिन तेरा बाप चला गया, वैसे ही एक दिन तेरी यह मां भी चली जाएगी और बाप की कमी को तो बेटा मैंने खलने न दिया, पर मेरी कमी को पूरा करने के लिए क्या तुझे किसी नए सहारे की जरूरत नहीं है ?'

कबीर नहीं बोला। लगता था वह सोच रहा था। मृत्यु आएगी। वह अवश्य आती है।

और जिस क्षण मनुष्य की जीवन की ममता और शक्ति ठहरकर मृत्यु के बारे में सोचने लगती है, उसी क्षण उसमें एक नयी तन्मयता जाग्रत हो उठती है, जो जीवन का सम्मान करना जानती है।

मां ने फिर कहा, 'बेटा ! इस दुनिया में कोई किसी का सहारा नहीं होता, पर घर वाले ही उन सबके मुकाबले में अपने होते हैं। मरे की मिट्टी तो अपना धरम संभालता है, पर जीती मिट्टी के लिए भी तो करने वाला कोई होना चाहिए। तू बाहर से आता है, उस वक्त कोई दो बात पूछने को न होगा, तो तुझे यह घर

काटने को दौड़ने लगेगा कबीर। आदमी चाहता है कि कोई उसके सुख-दुःख में सवाल-जबाव करे। तू रूठे कोई मनाए। कोई और मान करे, तो तू उसे समझाए। बेटा, आपस की प्रीत से ही यह दुनिया हल्की होकर चलती है।'

'तू यही बातें करती रहेगी, या मुझे कुछ खाने को भी देगी ?' कबीर ने कहा।

मां हंसी और फिर खांसी ने घेर लिया।

कबीर ने देखा, वह कंकाल खांसी की चपेट में थर्रा उठता था। जैसे साक्षात मृत्यु ने बुढ़ापे के जाल में फंसा लिया था और बार-बार झकझोर उठता था। जीवन क्या सचमुच ऐसी ही दीर्घ यन्त्रणा थी। कबीर को लगा, वहां मां नहीं थी, एक प्राणी अपने जीवन के लिए मृत्यु से संघर्ष कर रहा था। वह चित्र भीतर उतर गया। जब पिता मरे थे, उनका चित्र उसे याद नहीं है। तब वह सात बरस का था। तब से अपमान में वह जीती रही है। उसने चक्की पीसी है। ताना बुनकर बाना डालना उसी ने कबीर को सिखाया है। उसका ही सिखाया कबीर वस्त्रों को ले जा-ले जाकर बाजार में बेचता रहा है। जो कुछ आमदनी होती रही है, उसी से दोनों किसी तरह पेट भर रहे हैं। कभी-कभी जब किसान आते हैं तब काशी के जुलाहों की जान में जान आती है। वर्ना सिपाही आते हैं तो मनचाहे माल उठा ले जाते हैं। उनकी बात सुनने वाला कोई नहीं। किसान लगान देते नहीं थकता, चमार बेगार देता है। जगह-जगह बन्धन हैं, अछूत हैं, और कबीर जुलाहा बैठा-बैठा देखता है कि ऊंची जात के लोग, मुसलमान सिपाही, सब, सब ही जुलाहों को दबाते हैं और वे दबते हैं। लेकिन क्यों ?

कबीर मां की पीठ सहलाने लगा। बूढ़ी कुछ देर में ठीक हुई और उसने धीमे से कहा, 'रोटी वहां हंडिया में कपड़े में लिपटी रखी है बेटा। ले ले। मुझसे उठा नहीं जाता। हे भगवान ! बुला क्यों नहीं लेता ?'

वह फिर कहने लगी, 'बेटा ! मेरी मान जा, बूढ़ी की असीस ले। छोटी-सी बहू ले आ, फिर देख तेरे आंगन में कैसा उजाला हो जाएगा।'

'अच्छी बात है मां,' कबीर ने कहा, 'पहले रोटी खा लूं फिर विचार करूंगा।'

'तेरी मर्जी।' बुढ़िया ने कुछ खीझकर कहा, जैसे इतनी मेहनत उसने व्यर्थ ही की थी, जैसे वह तो रस्सी सरकाती गई, पर घड़ा पानी नहीं, सूखे कुएं की तह में जाकर टकराया। और वह फिर लेट गई।

कबीर रोटी लेकर बाहर हल्की चांदनी में आ गया और खाने लगा। उस समय पीछे दकिसी की हल्की पगचाप सुनाई दी।?

'कौन ? लोई ?' कबीर ने कहा—'इस समय ? जानती है कौन-सा पहर है ?'

'वह पतली-दुबली पन्द्रह साल की लड़की अपने मैले लहंगे को समेटकर बैठ गई और कहा, 'मुझसे पूछते हो ? तुम्हें क्या पहर-घड़ी की चिन्ता नहीं ? मैं कब से बैठी तुम्हारी राह देख रही हूं।'

'क्यों ?' कबीर ने कहा—'सोई नहीं ? घर के लोग कहां गए ?'

'सो गए। सबकी अक्ल मेरी तरह खराब तो नहीं।'

कबीर ने हाथ रोटी से अलग करके कहा, 'तू तो कभी ऐसा नहीं कहती थी लोई। आज कैसे कहती है ?'

'कहती हूं यों कि मेरी बनाई चटनी पत्ते पर रखी सूख गई और मैं बैठी रही कि कब तुम आओ, कब खिलाऊं। जानती हूं मां बीमार है। तुम्हें तो कोई फिकर नहीं। बेचारी दिन-रात खटती है। मुझे तो दर्द होता है।

कहकर उसने पत्ता हाथ से निकालकर सामने रख दिया। बोली, 'चख के देखो, कितनी अच्छी बनी है !'

कबीर ने खाकर कहा, 'बहुत स्वाद की बनी है लोई। मां के बाद मुझे तेरे ही हाथ का बनाया अच्छा लगता है।'

लोई लजा गई। कहा, 'क्या बकते हो। आधी रात के बखत कोई ऐसे कहता होगा ! कोई सुनेगा तो क्या कहेगा ?'

कबीर ने टोका, 'अरे मैंने ऐसा क्या कहा है री जो इतनी घुड़कती है ? अभी तो तुझे मां के लिए दर्द आ रहा था न ?'

'अच्छा तुम्हें नहीं आता ?' लोई ने पूछा।

'क्यों नहीं आता लोई। मैं क्या बैठा रहता हूं ? तू बता। मैं दिन-रात बुनता रहता हूं, तब कहीं जाकर पेट भरता है। तू क्या जुलाहिन नहीं है, तू क्या हालत नहीं जानती ?'

'मैं सब जानती हूं, पर रोती नहीं तुम्हारी तरह। तुम्हें तो रट लग जाती है तो बस लग ही जाती है।'

मां ने पुकारा, 'बेटा कबीर !'

'हां अम्मां आया।' कबीर ने उत्तर दिया।

'क्या कर रहा है बेटा ! अरे ओस गिर रही है। वहां तेरे पास कौन है बेटा ?'

'मां लो...'

'छि,' लोई ने मुंह पर हाथ रख दिया—'चिल्लाते क्यों हो। ऐसे बदनाम क्यों कराते हो। नहीं समझते तो चुप रहो।'

कबीर ने मुस्कराकर कहा, 'आया अम्मां, लो अभी-अभी आया।'

लोई ने कहा, 'मेरा नाम यों चिल्लाते हो, पहले इसका हक पा लो कबीर।
ऐसे ही आधी रात को न अलख जगाने दूंगी मेरे नाम की।'

'अच्छी बात है लोई।' कबीर ने कहा, 'तेरा दादा न मानेगा तो ?'

'क्यों न मानेगा ? तू क्या जुलाहा नहीं है ?'

'हूं तो।'

'फिर आदमी है कि जानवर है ?'

'आदमी-सा ही लगता हूं, पर यह तो तेरे भाई-बन्धों पर है, वे तो उसे ही
आदमी मानेंगे जो उन जैसे होंगे।'

'क्या मतलब ?' लोई ने खीझकर कहा, 'वे तुम्हारी मत में मानुस नहीं हैं ?'

कबीर ने कहा, 'जा परमेसुरी ! ताना खैंचती तो आफत करती है।'

'कैसे चली जाऊंगी। आधी रात तक क्या मैं चटनी लिए बैठी थी !'

'तो ?'

'तुम्हें दया नहीं, लाज नहीं, मुझसे कहलवाते हो ?'

'आखिर बात क्या हुई, कह न !'

'दादा मेरा ब्याह तय कर रहे हैं। तुम क्यों नहीं अम्मां से कहलवाते ?'

'क्या कहलवा दूं ?' कबीर ने पूछा, 'यही ठीक रहेगा कि हमारे घर में
आदमी कम हैं। एक चटनी पीसने वाली चाहिए। ठीक रहेगा ?'

लोई मुस्कराई।

कहा, 'मैं तुम्हें इतनी लड़ाका दिखती हूं, क्यों ! मेरा क्या है। सूखी-रूखी
खाओगे, आप बुद्धि ठिकाने लग जाएगी। अच्छा मैं जाती हूं।'

'ठहर लोई। दिन-भर के बाद अब तो मिली है।'

'मैं तो पहले भी मिल सकती थी। पर तुम ही चले गए थे।'

'कहां गया था, जानती है ?'

'नहीं।'

'मैं मरघट गया था।'

'हाय राम !' लोई ने कहा, 'मैं भी तो पूछूं क्यों ?'

'लौट रहा था लोई। रास्ते में मैंने मुर्दा जाते देखा। कोई बूढ़ा था। बड़ी
झालर-वालर बजाकर ले जा रहे थे। मैंने सोचा, क्या बात है। जाकर देखनी तो
चाहिए, सो चला गया।'

लोई डरी-सी बैठी रही।

'तू बोलती क्यों नहीं ?' कबीर ने पूछा।

'मैं अब बोलूं भी क्या ?'

'क्यों ?'

'तुम तो जोगी हो रहे हो !'

कबीर उसके मुख को एकटक देखता रहा। लोई ने धीरे से कहा, 'ऐसे न देखो, मुझे डर लगता है।'

'क्यों ?' कबीर चौंक उठा।

'इस तरह देखते हो जैसे मुझे कुछ पराया समझते हो। अविश्वास से कुछ ढूंढते-से लगते हो, तो मुझे लगता है कि मैं तुमसे बहुत दूर हूं। यह मुझे अच्छा नहीं लगता।'

कबीर ने उसका हाथ पकड़कर कहा, 'लोई ! मैं तुमसे दूर नहीं हूं। मैं अपने-आप से जब दूर होने लगता हूं तब मुझे कुछ डर-सा लगता है।'

'अपने-आपसे कौन दूर होता है भला !'

'मैं होता हूं लोई। राह पर चलते हुए लगने लगता है कि देह जली जा रही है और इस शक्ल-सूरत का आदमी जो कबीर-कबीर कहलाता है, वह असल में कोई और ही है जिसे जानना चाहिए। और मरघट में मुझे वहां जान-पहचान-सी लगी। मुझे लगा, मैंने वहां इतना दुःख देखा, इतना दुःख देखा कि मुझे जीवन में एक विश्वास-सा हो गया है।'

'विश्वास !' लोई ने धीरे-से कहा, 'जो इसे खोदते हैं वे कभी चैन नहीं पाते, ऐसा दादा कहते थे।'

'तू समझती है लोई !' कबीर ने आश्चर्य से पूछा।

'नहीं।' लोई ने कहा—'कुछ नहीं समझती, पर तुम्हें समझती हूं।'

दोनों निस्तब्ध-से एक-दूसरे को देखते रहे। लोई ने धीरे-से हाथ अलग कर लिया। कबीर ने कहा, 'कहां जाती है लोई ?'

'अब मैं तब ही आऊंगी, कबीर, जब तुम मुझे दिन-दहाड़े हजार जुलाहों के बीच सामने से बाजे बजवाकर लाओगे। अब चटनी बन्द।'

तभी मां ने पुकारा, 'अरे आया नहीं बेटा...'

'आया अम्मां...' कबीर ने कहा, और लोई पांव दबाती हुई चली गई... चुपचाप...

होली आ गई थी। काशी की सड़कों पर आज धुंध-सी मच रही थी। धूल के अम्बार उठ रहे थे और भांग और शराब के नशे में चूर, अबीर और गुलाल उड़ाते झुण्ड के झुण्ड लोग टोलियां बनाकर गाते, ढोल बजाते, नाचते जा रहे थे। बच्चे रंग फेंकते। औरतें छतों पर बैठी थीं और घूंघट खींचे रंग डालती थीं, नीचे सड़कों पर

मर्द नाचते थे। चारों ओर हुड़दंग मच रहा था।

नीमा सुबह से ही बैठी थी। उसने पुकारा, 'बेटा कबीर !'

'क्या है अम्मां !' कबीर ने पास आकर कहा।

'बेटा ! तू नहीं गया कहीं ?' मां ने कहा।

'कहां जाऊं, अम्मां !' कबीर ने कहा, 'सब लोग तो भांग पीकर झूम रहे हैं। मुझे नशा करना अच्छा नहीं लगता।'

नीमा हंसी। कहा, 'अच्छा तो चूड़ी पहनकर भीतर जा बैठ !'

बात तीर-सी लगी।

कुछ देर बाद कबीर खिसक चला।

उदास-सी छत की मुंडेर के पीछे लोई बैठी सी रही थी।

कबीर स्तब्ध-सा देखता रहा। फिर कहा, 'लोई !'

उसने मुड़कर देखा। कहा, कुछ नहीं। फिर डोरे को मुंह में रखा और उसका छोर बंटने लगी।

कबीर ने फिर कहा, 'लोई !'

'क्या है ?'

'तू क्या सोच रही है ?'

'कुछ नहीं।'

उसका मन आज साधारण नहीं था। कबीर उसके पास बैठ गया। वह खुद सोच में पड़ गया था। उसके माथे पर बल-से पड़ गए थे। उसका मौन देखकर लोई को चिन्ता होने लगी। उसने उसकी ओर न देखकर कहा, 'क्या सोच रहे हो ?'

'कुछ नहीं,' कबीर ने कहा।

लोई मुस्कराई। कहा, 'तुम बड़े चालाक हो, मैं जानती हूं।'

'क्यों लोई ?' कबीर ने कहा, 'तूने मुझे सीधे जबाव दिया था ?'

लोई की मुस्कान फिर ढह गई। कबीर ने देखा। हाथ पकड़कर कहा, 'तुझे कुछ दुःख है लोई ?'

'दुख !' लोई ने कहा, 'क्यों होने लगा मुझे ?'

और उसने तीक्ष्ण दृष्टि से देखकर कहा, 'तू समझता है मैं कुछ जानती नहीं। क्यों ?'

उस 'तू' में विक्षोभ था, क्रोध था, परन्तु हृदय के स्वत्वानुभव की अनुभूति थी। 'तू' सुनकर कबीर चौंका नहीं। भरे-भरे नेत्रों से देखता रहा। फिर पूछा, 'क्या जानती है तू ?'

'मैं पूछती हूं तू किसलिए कमाता है ?'

'पेट के लिए लोई।'

'किसके ?'

'अपने और मां के।'

'बस ?'

'और तो अभी घर में कोई नहीं।'

'और जो आएगा उसके लिए तेरे पास क्या है ?'

'मेरा हिया।'

लोई ने सिर हिलाकर कहा, 'अरे मैं पहले ही तेरी बातें जानती हूं। यों नहीं बहलूंगी। कुछ मेरा बाप भी तो कहेगा ! बिरादरी क्या कहेगी ? तू कल अपने पैसे उस लंगड़े और अन्धे सूरा को दे आया था, परसों मैंने देखा था तूने चार कौड़ियां एक साधू को दे दी थीं। तू बड़ा दाता है न ! ला मेरे लिए क्या लाया है ?'

'तेरे लिए !' कबीर ने कहा, 'मैं तेरे लिए इन सबसे अच्छी चीज लाया हूं। देख ! यह है। बोलती मिट्टी।'

'कौन ?'

'मैं हूं, जो !'

लोई हतप्रभ नहीं हुई। उसने कहा, 'धिक है तुझे, जो बोलकर भी मिट्टी ही बना रहा, मानुस न हुआ।'

'लोई!!' कबीर के मुख से हठात् निकला। आज उसमें जैसे बिजली दौड़ गई। 'लोई !!!' उसने फिर कहा। मानो फिर उसका गला रुंध गया और कुछ कह नहीं सका।

लोई ने कहा, 'आज तू मुझसे होली खेलने आया है न ?'

'हां लोई। पर मेरा मन इस सुख में रमता नहीं।'

'क्यों ?'

'यह सब मुझे चलता हुआ दिखाई देता है। देखता हूं, संसार में घोर अन्याय हो रहा है। यज्ञ करनेवाले अन्न को जलाते हैं, जोगी जीवन बिताते हैं तो जगह-जगह घूमते-फिरते हैं। ब्राह्मणों का अहंकार 'नीच-जाति नीच-जाति' कहकर हमारा अपमान करता है। हम जुगी हैं तो क्या आदमी नहीं हैं लोई ? मुसलमान रोज लोगों को बहकाते हैं, गरीब लोग हाहाकार कर रहे हैं। चारों तरफ मजबूरियां खड़ी हैं। मैं देखता हूं तो एक सुलगन-सी उठ खड़ी होती है। तुझे कोई चिन्ता नहीं होती ?'

‘किसकी ?’ लोई ने पूछा ।

‘यह जो दुनिया में इतनी बेचैनी फैली हुई है ?’

लोई मुस्कराई । कहा, ‘मुझे उस सबकी बेचैनी नहीं होती, केवल एक बेचैनी होती है ।’

कबीर ने प्रश्नवाचक दृष्टि से देखा ।

लोई ने कहा, ‘केवल यही कि तू बेचैन रहता है । जुगी जुलाहे क्या और नहीं हैं जो तू इतना व्याकुल है ? मैं पूछ सकती हूं काजी जी क्यों सहर के अन्देसे से इतने दुबले हैं ?’

‘तू स्त्री है,’ कबीर ने कहा, ‘माया तेरे घट-घट में है ।’

लोई ने कहा, ‘साधुओं ने तुझे बौरा दिया है कबीरे ! अगर स्त्री माया है तो पुरुष क्या है ? सब भटक रहे हैं । सिद्धों की-सी अटपटी बानी न बोल, न नाथों-कापालिकों की तरह डराने की कोशिश कर । बंगाले-काम-रूप की जादूगरनियों की बात सुनती आई हूं । वह सब झूठ होगा । लोग चाहते हैं कि कुछ कर दिखाएं, पर राह नहीं मिलती । गरीब का क्या ? तू पागल है । ऐसी बात करके तू मेरा अपमान करता है, उसे तू जानता नहीं, खैर, मैं उसे पी जाऊंगी, पर मुझे यों न सता कि आकर मरघट में बैठा ल्हासों को जलता देखा करे । अरे यहां इतने जीते हुए हाथ-पांव चलाते हैं, वे तुझे आश्चर्य से नहीं भरते ? तू मिट्टी को जलते देख के डरता है, मिट्टी को हंसते-रोते देखकर तुझे अच्छा नहीं लगता ?’

‘यह एक मेला है लोई ! लगता है, उठ जाता है । जो इसी में भूला रहता है, वह क्या जान सकता है ? इसी को सब कुछ समझ लेने से ही तो आगे चलकर इतना दुख होता है ।’

‘दुख ?’ लोई ने कहा, ‘तू जानता है दुख क्या है?‘

कबीर ने धीमे से कहा, ‘इस दुनिया की रीत उल्टी है लोई । यह रंगी को नारंगी और माल को खोया कहती है । जो चलती है उसे गाड़ी कहती है, बता इस सबको देख मैं अगर रुंआसा हो जाता हूं तो क्या बुरा करता हूं ?’

‘बात के फेर में पड़ा तू अपने को भूल रहा है ।’

‘नहीं लोई ।’ कबीर ने कहा, ‘सुबह-सुबह जब तू चक्की चलाती है तब मेरा दिल कांप उठता है । दो पाटों के बीच में आकर कोई नहीं बचता ।’

‘जगत का नाता तोड़कर ही क्या चैन मिल जाता है कबीर ? माना कि मैं माया हूं, पर मुझे किसने बनाया ?’

‘भगवान ने !’

‘और तुझे किसने बनाया ?’

‘उसी ने।’

‘तो मैं-तू जब एक-से हैं, तो मुझसे अभिमान करने का हक रखता है।

‘नहीं।’

‘फिर मुझे क्यों जलाता है ?’

लोई की आंखों में आंसू आ गए। उसने कहा, ‘तू उदास रहता है। खोया-खोया रहता है। आखिर क्यों ? सच, तुझे मन में कभी कुछ-कुछ-सा नहीं होता ?’

‘होता है लोई।’

‘तो फिर तू दूर-दूर क्यों रहता है कबीर ?’

कबीर ने लोई के आंसू पोंछ दिए। लोई गर्व से नीचे देखने लगी। कबीर ने कहा, ‘अब भी तुझे दुःख है ?’

‘नहीं।’ लोई ने कहा, ‘तू कहता है मैं माया हूं। मुझे माया ही कह, पर जो माया भगवान ने बनाई है, वह क्या इसीलिए अच्छी नहीं है कि वह बांधे रहती है, उसी भगवान् की सौगात है। बावरे ! मैं न होऊं तो यह संसार की माया बढ़ेगी कैसे ? कैसे सदा-सदा, युग-युग तक आदमी भगवान की चिन्ता करेगा, कैसे उसका नाम इस धरती पर गूंजा करेगा ! कबीर !

‘क्या है लोई ! तू मुझसे क्या-क्या कह जाती है ! मैं इतना सब सुनकर आता हूं। वह सब क्षण-भर में तेरे सामने लरज-सा जाता है। तू माया कहां है ? तुझे देखता हूं तो मुझे बन्धन नहीं लगता, सहारा-सा मिलता है।’

‘मैं नहीं समझती कि यह क्या है ? यही तो वह लगन है जो मुझे तेरा बनाए रखती है। मैं तेरे पास रहूं तो क्या मुझे पाप लग जाएगा ?’

‘नहीं लोई। कभी नहीं। तू इतनी पवित्र है।’

लोई शर्मा गई। कहा, ‘तू है संन्यासी ही। यह न भूल कि मैं तेरी कौन हूं। हूं कुछ ?’

कबीर उसे मुस्कराता हुआ भरी-भरी आंखों से रहस्य भरी मुस्कान लिए देखता रहा। देखता रहा। लोई ने माथे पर घूंघट खींचकर मुस्कराकर कहा, ‘सच कह। फिर तो मेरा खून नहीं जलाएगा ?’

‘नहीं।’ कबीर ने कहा।

‘तो जा सबके संग होली खेल। मैंने तेरे लिए गुजिया छिपाकर रखी हैं। तू रंग में भीगकर आ, मैं तुझे अपने हाथ से खिलाऊंगी।’

‘अब तो मैं रंग गया लोई।’

‘कैसे ?’

'तेरे रंग में।'

'यही नहीं चाहती मैं।' लोई ने कहा, 'यही मुझे डराता है। मैं दुनिया में सब कुछ नहीं हूं, कबीर। जैसे तेरे लिए बहुत कुछ है, वैसे ही उस सबमें एक मैं भी हूं। ये जो घर छोड़कर भागते हैं, वे एक आंख से दुनिया को देखते हैं। अगर वे मन का तोल बराबर रखें तो लोगों का लाभ हो, नहीं तो हां और ना के पलड़े हमेशा होड़ करते रहते हैं। एक तरफ मरघट है, योग है, त्याग है, वन है, संन्यास है, दूसरी तरफ दुनिया है, लोगों का लाभ है, मदद है, पाप का पर्दाफाश करना है, दुख उठाकर भागना नहीं, यहीं रहकर सचाई के लिए लड़ना है। मैं अकेली उस सबको झेल नहीं सकूंगी। दो पांवों पर बोझ संभाल, एक पर न चल। गिर जाएगा। मुझे चाहते हुए तू दुनिया को न भूल, उससे घिन न कर, मुझे अन्धा होकर प्यार न कर। मैं तो तेरी साथिन हूं। जो तेरे लिए अच्छा है, सो मेरे लिए अच्छा है। तू कमा के गेहूं, चना, जौ ला। मैं पीस के रोटी करूंगी। तू खा और मुझे खिला। अपना काम तू कर, अपना काम मैं करूंगी। मैं ताना डालूंगी, तू बाना डाल। तू मेरे पास आए तो आंख खोलकर आ। ऐसा न कर कि मुझे यह लगे कि तू सुपने में मिल रहा है। तू दूर चला जाता है, तब भी मुझे पास ही लगता है। आंखों का अन्तर भले ही पड़ जाए, पर प्राण तेरे ही पास रहते हैं।'

लोई ने कबीर का हाथ पकड़ लिया और कहा, 'मैं समझती नहीं, गलत तो नहीं कहती ?'

कबीर चौंक उठा।

बोला, 'जो तू कहती है वह मुझे अच्छा लगता है।'

'यह मैं नहीं चाहती। तू अच्छा लगता है तो सुनता है, पहले से मन में बना लेता है, तो अच्छा लगता है, और अगर पहले से मन में बना लेगा कि अच्छा नहीं लगेगा, तो उस दिन तुझे मेरी बात भी अच्छी न लगेगी। मैं यह नहीं चाहती। मैं कहूं तो सुन। फिर तू कह, मैं सुनूं। जो तुझे ठीक न लगे उसे तू बता, जो मुझे ठीक न लगे वह मैं कहूं। हम-तुम अलग-अलग नहीं कबीर, हम-तुम संगी-साथी हैं।

और कबीर ने यह नवीन मार्ग देखा। वह एक समन्वय था, जो किसी प्रकार की भी दासता को अस्वीकृत करता था। वह उत्तरदायित्व को सम करके झेलना था, जहां व्यक्ति की पूर्णता थी, किन्तु अपने को विनष्ट करने वाली अन्ध पराजय नहीं थी। उसने कहा : 'लोई !'

'क्या है ?'

'सब रसायन में किया

प्रेम समान न कोय।

रति एक तन में संचरै

    सब तन कंचन होय।

जोई मिलै सो प्रीति में

    और मिलैं सब कोय

मन सो मनसा ना मिलै

    देह मिलैं का होय !'

लोई के नेत्रों में आनन्द के दीपक जग उठे। मानो पुतलियों के अन्धकार में जीवन्त आलोक सुलग उठा, जैसे तूफानी लहरों के बीच किसी दीपस्तम्भ में किरणें हवा को काटती अन्धकार को फोड़े दे रही थीं। कबीर ने फिर कहा—

'जल में बसे कमोदिनी

    चंदा बसै अकास

जो है जाको भावता

    सो ताही के पास।

नैनों की करि कोठरी

    पुतली पलंग बिछाय

पलकों की चिक डारि कै

    पिया को लिया रिझाय !'

लोई ने आनन्द से नेत्र मूंद लिए। कबीर ने उसके बालों पर हाथ फेरते हुए कहा—

'अगिनि आंच सहना सुगम

    सुगम खड़ग की धार

नेह निभावन एक रस

    महा कठिन ब्यौहार।

जा घट प्रेम न संचरै

    सो घट जान मसान,

जैसे खाल लुहार की

    सांस लेत बिनु प्रान !'

लोई ने उसके वक्ष पर सिर धर दिया और विभोर हो गई।

कबीर देखता रहा।

उसने कहा, 'लोई।'

वह चौंक उठी। उसने आंखें खोलीं। उन नयनों में कितना जीवन था। कबीर को लगा, जैसे अमृत का समुद्र लहरा रहा था। मन ने कहा, 'कौन कहता

है, स्त्री माया है, पाप है। वह जननी है, वह आद्यासृष्टि है। वही पूर्ण है। पुरुष उसका अंश है। स्वयं अनन्त भगवान् भी स्त्रीहीन नहीं है। इसे छोड़कर वन जाने में क्या लाभ है! वे जो भटक रहे हैं उन्हें यह केवल कामिनी ही दिखाई देती है। वह पुरुष विकृत वासना ही है जो इसे देखकर केवल कामिनी देखता है। वह इसकी आत्मा के पूर्णत्व को नहीं देखता।

लोई ने कहा, 'कबीर ! मैं यहां नहीं रहूंगी।'

'कहां जाएगी लोई ?' कबीर ने चौंककर पूछा।

'तू मुझे ले चल। देख तेरी मां भी बूढ़ी हो गई है।'

कबीर क्षण-भर सोचता रहा।

'क्या सोचता है ! धन की चिन्ता करता है ? जैसे तू रहता है, मैं रहूंगी। यहीं क्या फरक है। धन तो आता-जाता है कबीर। मन का विश्वास मुझे दे दे, फिर मुझे कुछ भी नहीं चाहिए।'

कबीर ने कहा, 'नहीं लोई।

'पौ फाटी पगरा भया
जागे   जीवा   जून
सब काहू को देत है
चोंच   समाता   चून।
मन के हारे हार है
मन   के   जीते   जीत
कह कबीर पिउ पाइए
मन ही की परतीत।'

लोई आनन्द से उठ खड़ी हुई और फिर, इससे पहले कि कबीर उठे, उसने पास रखे मटके को उठाकर कबीर पर उंडेल दिया। कबीर भीग गया। कबीर ने उसको पकड़ लिया और कहा, 'अब तुझ पर कौन-सा रंग डालूं ?''

लोई ने मुस्कराकर कहा, 'मैं तो उसी दिन से रंग गई हूं जिस दिन तुझे देखा था।

मरजीवे[1] को तो देखो...

ज़िन्दगी पुकारती है, 'कमाल रुककर देख !!'

---

1. मृत्युंजय

और मैं बहुत दिन बाद मुड़कर देख रहा हूं।

लेकिन जो तब भी था, अब भी है, आगे भी रहेगा...

वह नए मानव का विद्रोह था।

स्वतन्त्रता...बुद्धि की पूर्ण स्वाधीनता के लिए मनुष्य ने पुकार उठाई थी...

पिता कहा करते थे—

'काल करै सो आज कर ?

आज करै सो अब्ब

पल में परलै होयगी

बहुरि करैगा कब्ब !'

कर्त्तव्य के लिए वे देरी नहीं सह सकते थे।

और सचमुच मैं कुछ न कर सका। प्रलय हो ही गई।

कबीर को चेलों ने डुबा ही दिया, क्योंकि मठ बना, धन आया, और मोह ने सत्य को ढंक लिया।

पर यदि मैं कुछ नहीं करता तो क्या यह भी न कहूं कि मेरा बाप वह ही नहीं था, जिसे शून्य-शून्य कहकर सब बखानते हैं। वे उसे महान कह देते हैं पर उसकी उन बातों को नहीं कहते, जो उसका अपना चिन्तन थी। मैंने तो उपसंहार से आरम्भ की झलक देखी, पर मैं यह फिर कहूंगा, क्योंकि मेरा बाप दीन जुलाहा था। उसने पहले ब्राह्मण को पूज्य समझा था। फिर उसका विकास हुआ। वह जोगियों से प्रभावित हुआ। फिर जब वह जागा तो उसके भीतर की शक्ति जागी। उसने इन सब बन्धनों को तोड़ दिया।

वह संस्कृति का पुनर्जागरण था, दीन जनता का पहला स्पष्ट सस्वर-निनाद था। पर उसे लोगों ने दबा दिया है।

क्या वह दब सकेगा ? वह तो मेहनत की कमाई पर पलने वाला आदमी था...दलित, जात भी, कुल भी, धनहीन, परन्तु अपराजित...

मैं बताऊंगा कि वह पग-पग पर बढ़ा और दीपक में से दीपक जलाता चला गया !

फिर ब्राह्मण, जोगी, तुरुक, सबने अंधेरे के पर्दे लटका दिए। और कबीर के चेलों ने उसकी नकल की, कबीर के विद्रोह को उन्होंने उसके प्रारम्भिक जीवन के शून्यवाद से ढंक दिया, जब वह जोगियों के प्रभाव में था...

मैं तो वह दिखाऊंगा जो लोग आज भूल चले हैं !

पिता दूसरों की व्यर्थ वितंडा की शक्ति से दुखी हो जाते थे। उन्होंने एक

दिन व्यथित होकर कहा था—

'अपनी कह मेरी सुनै

सुनि मिलि एकै होय

मेरे देखत जग गया

ऐसा मिला न कोय !

देस देस हम बागिया

ग्राम ग्राम की खोरि

ऐसा जियरा ना मिला

जो ले फटकि पछोरि।

भक्ति भक्ति सब कोई कहै

भक्ति न आई काज

जहँ को किया भरोसवा

तहँते आई गाज।

सब काहू का लीजिए

सांचा शब्द निहार।।

पच्छपात ना कीजिए

कहै कबीर विचार !

मैंने कहा था, 'दादा ! फिर धर्म क्या परम्परा से पिता से पुत्र को नहीं मिलेगा ?'

कबीर ने कहा था, 'नहीं बेटा! धर्म कोई रूढ़ि तो नहीं ? मनुष्य का कल्याण ही धर्म है। अपना ही विश्वास अपना ही बन्धन बन जाए, क्या यह ठीक है ?'

'नहीं है दादा !' मैंने कहा था, 'पर संसार में सब तो सोचते नहीं।'

'इसीलिए कुछ लोग सबको मूरख बनाते हैं।'

वे सोचने लगे थे। फिर कहा था, 'वे मन मिलाने के लिए बात नहीं करते थे। वे सन्देह बढ़ाने को बहस करते हैं ताकि उनके चेलों पर उनका प्रभाव बढ़ता रहे।'

'तुम्हें दुःख होता है ?'

'होता है बेटा !'

'क्यों ?'

'क्योंकि मैं उन्हें सोचने के लिए कहता हूं। और वे लीक पर ही गाड़ी चलाए जाते हैं।'

'इससे उन्हें फायदा क्या है ?'

'वे कीचड़ में फंसना नहीं चाहते। सोचते हैं जो राह है वही काफी है।'

'पर वे जिन रास्तों पर चलाते हैं, वे कीचड़ में ही तो बने हैं ?' मैंने पूछा था।

पिता प्रसन्न हुए थे। कहा था, 'कमाल ! तू समझता है ?'

'मैं नहीं जानता।' मैंने कहा था। 'परन्तु तुम जो कहते हो, वह सब तुम्हें कहां मिला ? साधुओं के पास बैठने से, दादा ? तुम तो पढ़ना-लिखना भी नहीं जानते।'

पिता ने मुस्कराकर गाया था :

'मैं मरजीवा समुद का

        डुबकी   मारी   एक

मूंठी लाया ज्ञान की

        जामें वस्तु अनेक।

डुबकी मारी समुद्र में

        निकसा जाय अकास

गगन मंडल में घर किया

        हीरा पाया दास।

जा मरने से जग डरै

        मेरे   मन   आनन्द

कब मरिहौं कब पाइहौं

        पूरन   परमानन्द।'

उन्होंने कहा था, 'जो मौत से नहीं डरते, वे जान लेते हैं।'

'क्या दादा ?

'यह संसार धोखे की आड़ में चलता है।'

'तो वे कहते क्यों नहीं ?'

'अपने स्वार्थों से डरते हैं।'

'क्या हैं वे ?'

'धन के बंधन।'

'उन्हें तोड़ना कठिन ही क्या है ?'

'बेटा ! पेट नहीं बोलने देता । वह ही मौत से डराता है। मौत क्या है ?

'बुद्धि को बेच देना।'

मैंने देखा था। वे चिन्तित लग रहे थे।

मैंने कहा था, 'दादा !'

‘क्या है ?’ वे चौंक उठे थे।

‘मौत में आनन्द है ?’

‘उसमें है जो निर्भयता का फल है, वही माया को काटना है। आदमी की माया उसका संसार है।’

‘तो यह संसार छोड़ना चाहिए ?’

‘नहीं, इस दुनिया को कौन छोड़ता है ? मैंने छोड़ी है क्या ?’

‘नहीं।’

‘बेटा, माया का अर्थ है मनुष्य के वे बन्धन जो उसे मनुष्य होने से रोकते हैं।’’

‘मैं नहीं समझा, दादा।’

‘बेटा !’ पिता ने सांस खींचकर कहा था, ‘भगवान क्या है बता सकता है ?’

‘वही तो सब है।’ मैंने उत्तर दिया था।

पिता ने कहा था :

‘भजूं तो को है भजन को

तजूं तो का है आन?

भजन तजन के मध्य में

सो कबीर मन मान।’

मैंने अनबूझ बनकर देखा था। मुझे विश्वास नहीं हुआ था। पूछा था, ‘तो क्या भजन व्यर्थ है ? फिर तुम नाम-महिमा क्यों लेते हो ?’

पिता मुस्कराए थे।

कहा था, ‘भगवान नहीं छोड़ा जा सकता है न ? तो फिर भजन करने के लिए है ही कौन ? किसको छोड़कर किसका भजन करूं बेटा। खाली नाम का क्या लेना, और त्याग का मोह भी किसलिए ? भजन करने के लिए कोई दिखता है तुझे ?’

‘नहीं दादा।’

‘तो जो दिन-रात भजन करते हैं वे क्या पाते हैं !’

‘लेकिन दादा, तुम तो नाम की दुहाई देते हो।’

‘अब भी देता हूं।’

‘क्यों ?’

‘यह पूछ किनको देता हूं !’

मैंने अविश्वस्त दृष्टि से देखा था।

पिता ने कहा था, ‘उन्हें नाम याद दिलाता हूं जो नाम भी भूल जाते हैं।’

'पर उसका नाम, पिता ?'

'उस सृष्टि की शक्ति का, जो इस सब संसार और ब्रह्माण्ड में फैली हुई है। उसमें सब शक्ति है, सत्य है, क्या छोड़ा जा सकता है, क्या है जो भजन के ही योग्य है। बेटा ! माया में तो मनुष्य ने स्वयं अपने को बांध लिया है।'

'तो क्या माया भगवान में नहीं है ?'

'है बेटा! सत्य भी उसी का है, वह माया इस सत्य को ढंकती है। अतः यह भी उसी की है। पर यह माया जड़ नहीं है कि मनुष्य इससे निकल न सके। वह जान-बूझकर उसमें फंसता है।'

'तो माया क्या है, दादा ?'

'धन, रूप के बन्धन। झूठ, दगा, फरेब, अहंकार। वितण्डा, धर्म का ढोंग, यह सब माया है।'

मैंने सोचा था, पिता पुरानी राख को फूंक रहे थे, मुझे एक नई आग-सी भभकती हुई दिखाई दे रही थी। वह माया अब अवास्तविक छलना न रहकर वास्तविक बन्धन लगने लगी थी।

'मां रोटी ले आई थी। चार मुझे दी थीं, तीन पिता को। दो स्वयं लेकर लोटा पानी भरकर पास ले आई थी और हम खाने बैठ गए थे।

पिता ने कहा था, 'लोई, तू ही पालती है। तू ही खिलाती है। साईं, एक दया कर। रोटी दिए जा।

      'रूखा सूखा खाय के
           ठण्डा पानी पीव
      देखि बिरानी चूपड़ी
           मत ललचावै जीव।
      कबिरा साईं मुझ को
           रूखी रोटी देय
      चुपड़ी मांगत मैं डरूं
           रूखी छीनि न लेय
      आधी अरु रूखी भली
           सारी सों संताप
      जो चाहेगा चूपड़ी
           बहुत करेगा पाप।'

लोई ने कहा, 'गरीब को रूखी ही भली। झूठ तो नहीं बोलनी पड़ती इसके लिए ?'

'सच कहती है', पिता ने कहा, 'लोई ! चुपड़ी रोटी ईमान और मेहनत से नहीं मिलती। उसके लिए पाप करना पड़ता है। दूसरों को लूटना पड़ता है। गला काटना पड़ता है : राजा किसान को लूटता है, महन्त शिष्यों को बहकाता है, जोगी भीख के करतब दिखाता, डराता, धमकाता है।

मैंने देखा, वे दोनों प्रसन्न थे। गले में रोटी अटक गई थी।

मां ने कहा, 'पानी तो पी।'

'मां, गले में अटकती है।' मैंने कहा था।

मां की आंखों में स्नेह छलक आया था। कह उठी थी, 'बेटा ! जुलाहे का बेटा है, जुलाहा बन। सुना नहीं दादा ने क्या कहा ?'

'क्यों नहीं सुना मां ?'

'पर तुझे अच्छा नहीं लगा न ?'

मैं जवाब नहीं दे सका।

पिता ने कहा, 'बेटा ! रोटी अटकती है ?'

'हां दादा।'

'लेकिन इसको फिसलाने के लिए क्या करना होगा, जानता है ?'

'तुम बताओ !'

'गाहक को ठगना होगा, तब ज़्यादा कीमत मिलेगी।'

मैंने कहा, 'नहीं दादा। यह कैसे कर सकेंगे हम ! राजा के द्वार जाकर चोबदारों की जूती कौन उठाएगा !'

लोई मां ने कहा, 'जो घी की चुपड़ी खाएगा।'

हम तीनों हंस दिए।

पिता गद्गद हो गए। वे बोल उठे—

'हेरत हेरत हे सखी

हेरत गया हेराय

बूंद समानी समुंद में

सो कित हेरी जाय।

आदि होत सब आप में

सकल होत ता मांहि

ज्यों तरवर के बीज में

डार पात फल छांहि।

कबिरा मैं तो तब डरौं

जो मुझ ही में होय

मीच बुढ़ापा आपदा
            सब काहू में सोय।
जूआ चोरी मुखबिरी
            ब्याज घूस परनरि
जो चाहै दीदार को
            ऐसी वस्तु निबारि।'

'मीच और बुढ़ापा क्यों याद आ रहा है ?' लोई ने पूछा।

कबीर ने कहा, 'कमाल की बात सोचते हुए मुझे याद आया। लोग कहते हैं, बुढ़ापा और मौत दबा लेगी तो कुछ नहीं होगा, इसी से जो करना है कर लो। मैंने सोचा था, सच कहता है यह आदमी। पर क्या इसीलिए बुराई करना ठीक है ? उससे दूसरों का गला कटेगा क्या ?'

मां ने कहा, 'अरे कौन नहीं मरता। जोगी क्या अमर हो ही जाते हैं ? ऐसा होता तो दुनिया खाली न हो जाती। और सदा जिए जाने की हविस ही क्यों हो ! पैदा होने वाले मरते रहें यही सबसे ठीक है।'

पिता ने कहा, 'मैंने कहा था भगवान् हमारे दिन-रात के कामों में ही है, बाहर नहीं है।'

'यह तुमने मुखबिरी क्यों कहा ?' मां ने पूछा।

'लोई ! गरीब के खिलाफ लोग धनी को बताते हैं और चन्द टुकड़ों के लिए गरीब का गला कटवाते हैं। इस तरह के लोग कभी भगवान को पा सकते हैं ?'

मां ने कहा था, 'कौन कहता है ? छिः ! वे तो घोर पापी हैं।'

'मैंने कहा था लोई,' दादा ने कहा था; 'आज साधुओं में बहस चल रही थी।'

'मुझे वही सुनाओ।' मां ने कहा था।

पिता ने सोचते हुए दुहराया था :

'ब्रह्महि ते जग ऊपजा
            कहत सयाने लोग
ताहि ब्रह्म के त्याग बिनु
            जगत न त्यागन जोग
ब्रह्म जगत का बीज है
            जो नहिं ताको त्याग
जगत ब्रह्म में लीन है
            कहहु कौन बैराग।

नेत नेत जेहि वेद कहि
                जहां न मन ठहराय
मन बानी की गम नहीं
                ब्रह्म कहा किन ताय।
बिन देखे वह देस की
                बात कहै सो कूर
आपै खारी खात हो
                बेचत फिरत कपूर।'

'फिर ?' मां ने पूछा।

'वे बिगड़ गए।'

मां हंसी।

कहा, 'धक्का लगेगा तो कौन नहीं हिलेगा कंत ! तुमने तो वेद को ही टक्कर मार दी।'

'किसी ने देखा है वह ब्रह्म ? पिता ने कहा, 'किसी ने नहीं। फिर सब कुछ उसी के लिए करने से तो काम नहीं चलेगा, लोई ! यह संसार तो उसी का रूप है। इसका अच्छे रूप में चलना ही तो ब्रह्म की उपासना है।'

मां प्रसन्न दिखाई दी। बोली, 'वे अब तो तुम्हें मोही नहीं कहते ?'

उसका व्यंग्य पिता समझ गए। कहा, 'तू भूली नहीं है। बलख तक गया था लोई यह कबीर। क्या-क्या कष्ट नहीं उठाए। एक बार भीख न मिली, तो साथियों, साधुओं ने ढोंग रचा। मैं तो शर्म से गड़-गड़ गया। मैंने सोचा, यह माया नहीं तो क्या है ? स्त्री को तो माया कहें और आप दूसरों को धोखा देकर पेट पालें। यह क्या पाप नहीं था !'

खाना खत्म हो चुका था। मां लोटा उठाकर भीतर कोठे में चली गई थी। मैं औंघने लगा था।

पिता गा रहे थे :

                'मोको कहां ढूंढ़त बन्दे
                मैं तो तेरे पास में,
ना मैं बकरी, ना मैं भेड़ी
                ना मैं छुरी-गड़ांस में
नहीं खाल में नहीं पोंछ में
                ना हड्डी ना मांस में

ना मैं देवला ना मैं मसजिद
      ना काबे कैलास में
ना तो कौनो क्रिया करम में
      नहीं जोग बैराग में
खोजी होय तो तुरतै मिलिहौं
      पल भर की तालाश में
मैं तो रहौं सहर के बाहर
      मेरी पुरी मवास में
कहै कबीर सुनो भई साधो
      सब सांसों की सांस में।'

'लोई ! ' पिता ने पुकारा था।

'क्या है कंत !' लोई आ गई थी।

'वह तो हर जगह है लोई !'

'तुम मुझसे बार-बार क्यों कहते हो ?'

'मैं सचाई को दुहराता हूं।'

'लेकिन मुझे लाज आती है।

'क्यों ?'

'कहीं लोग सुनेंगे तो कहेंगे कि लोई का कबीर पर बन्धन है। तभी कबीर वैराग्य छोड़ बैठा है।'

कबीर ने कहा, 'वह होता तो और बात थी लोई। पर यह ही जीवन का बड़ा दर्शन है। पूर्ण है। वह तो पुरुष का दर्शन था, जो अपने को अधूरा मानकर चलता था।'

'सच कहते हो ?'

'तुझे विश्वास नहीं होता ,''

'मुझे विश्वास नहीं क्यों होगा कंत ! मैं जानती हूं, तुम कभी झूठ से समझौता नहीं करते। मैं मानती हूं कि नारी माया है, पर कब ? उनके लिए जो भोग को ही जीवन का सब कुछ मान लेते हैं। वे तो असल में कभी प्रेम की पवित्रता को नहीं जान पाते। मैं अपढ़ हूं, तुम्हारे साथ रह कर क्या-क्या नहीं सीख गई हूं कंत ! तुमने ही तो कहा था—

'दूर वे दूर वे दूर वे दूर मति
दूर की बात तोहि बहुत भावै
अहै हज्जूर हाजीर साहबधनी

दूसरा कौन कहु काहि गावै।
छोड़ दे कल्पना दूर का धावना
राज तजि खाक मुख काहि गावै।
पेड़ के गहे ते डार पल्लव मिले
डार के गहे नहिं पेड़ पावै।
डार औ पेड़ औ फूल फल प्रगट है
मिले जब गुरु, इतनों लखावै।
सपति सुख साहबी छोड़ जोगी भए
शून्य की आस वनखंड जावै।
कहहिं कब्बीर बनखंड में क्या मिलै
दिलहि को खोज दीदार पावै।

'तुमने नहीं कहा ?'

'मैंने ही कहा था लोई। सारा देश एक पागलपन में डूब गया है। स्त्री और सन्तान भी अपना महत्त्व रखते हैं। जो अपने ही माध्यम से सबको सोचते हैं, मैं उन्हें ही माया में फंसा हुआ देखकर कहता हूं कि साथ कोई कुछ नहीं ले जाता। सब यहीं रह जाता है। पर जो आदमी अपना पेट पालता है उसे क्या बीवी-बच्चों का पेट पालना नहीं चाहिए ? मैं समझ गया हूं। साधु कहते थे कि इस संसार के धन्धे में आदमी पेट का धन्धा ही याद रखता है और परमात्मा को भूल जाता है। पेट के धन्धे के स्वार्थ में अन्धा होकर पाप भी करता है, अपने अपराधों में अपने-आप जकड़ जाता है। मैं मानता हूं यह सत्य है, क्योंकि आदमी का पेट मजबूर है, और आदमी पेट के लिए मजबूर है। पर आदमी की मेहनत मजबूर नहीं है। लोभ और तृष्णा को रोककर आदमी ईमान की रोटी खुद कमाकर खाए। भगवान का भजन करने वाला प्राणी, अपने पेट के लिए दूसरों के सामने हाथ क्यों फैलाए। देखती हो। भीड़ की भीड़, यह साधुता के नाम पर जो भिखमंगों की जमात चलती है, वह क्या दूसरों की मेहनत से कमाए माल को हराम में नहीं खाती ? उस अन्न का फल गृहस्थ भोगते हैं, और साधु उसे खाकर भगवान को पाते हैं। यह कैसे हो सकता है लोई ? शून्य की आशा में वनखण्ड जाने वाले भटके हुए लोग हैं। करनी का फल तो मन में है। उसके लिए तो कहीं जाना भी नहीं पड़ता लोई। सोचती हो मैं क्या कह रहा हूं ! यही लोगों को नहीं भाता, पर मैं क्या करूं—

अवधू भूले को घर लावै
सो जन हमको भावै

घर में जोग भोग घर ही में

     घर तजि बन नहीं जावै

अनप्रापत[1] वस्तु को कहा तजे

     प्रापत को तजै सो त्यागी है ।

सुअसील तुरंग कहा फेरे

     अफतर फेरे सो बागी है ।

जगभव का गावना क्या गावै

     अनुभव गावै सो रागी है ।

वन गेह की वासना नास करे

     कब्बीर सोई बैरागी है ।

'वन को मुक्ति और गेह को बन्धन क्यों समझता है, यह मनुष्य है ?'

पिता की बात सुनकर मुझे लगा, पिता कुछ ऐसा कह रहे थे जो अजीब था। तो क्या धर्म के नाम पर मुफ्त खाने वाले अधर्म कर रहे थे ?

वही विचार आज तक याद आता है तो एक स्फूर्ति-सी जग उठती है। धर्म को पिता धरती पर ला रहे थे। वे कह रहे थे कि धर्म के नाम पर अनाचार मत फैलाओ ! संसार में प्रेम और ईमानदारी से रहना ही धर्म है।

मैंने तब नहीं समझा था कि इस बात में कितनी गहराई थी। मां अवश्य प्रसन्नता के परे दिखाई देती थी, जैसे वह जो भी सुनने की आशा रख सकती थी, वह सब उसने सुन लिया था। उसने जीवन का नया सूक्त सुना था। वह सब जो मन में खटकता था, पर स्पष्ट नहीं होता था, पिता ने उसे तर्क के साथ स्वरूप दिया था और वह बात एक सशक्त चेतना बनकर हमारे झोंपड़े में गूंजने लगी थी ...वह गूंज आज तक उसी रूप में कानों में बाकी रह गई है, क्योंकि जब वह हटती है, तभी मुझे सूना-सूना-सा लगने लगता है, लगता है जैसे छीना-झपटी हो रही है। पिता ने आधार को पकड़ा था, ढोंग के कारण को पकड़ा था। ढोंग श्रद्धा पैदा करवाने के लिए था, श्रद्धा चमत्कारों पर पलती थी। चमत्कार ही ढोंग था, जो रोटी सुरक्षित करने के लिए किया जाता था...

पिता कहते थे—

सिंहों के लंहड़े नहीं

     हंसों की नहिं पांत

लालों की नहिं बोरियां

---

1. अप्राप्त

साधु न चलैं जमात।
सब बन तो चन्दन नहीं
सूरा का दल नाहिं
सब समुद्र मोती नहीं
यों साधू जग मांहि।
साध कहावन कठिन है
लम्बा पेड़ खजूर
चढ़ै तो चाखे प्रेम रस
गिरै तो चकनाचूर।
वृच्छ कबहुं नहिं फल भखै
नदी न संचै नीर
परमारथ के कारने
साधुन धरा शरीर।

'तो क्या ?' मैंने पूछा था—'साधु परमारथ करने को हैं दादा ?'

'हां बेटा !'

'सो क्यों दादा ? तो वे भजन करेंगे ?'

'बेटा।' पिता ने कहा—'वे भजन करें, अपना कल्याण कर लें तो जगत को लाभ ही क्या ? और वह भजन भी क्या जो नाम और गीत में ही रहे। दूसरों के दुखों को भी देखने से रोक दे।'

'तो क्या दादा ! वे दूसरों के दुःख में रमकर, फिर माया में लिप्त नहीं हो जाएंगे ?'

'माया तो अपना बन्धन है बेटा! दूसरे की परेशानी दूर करने को हाथ बंटाना तो माया नहीं है, माया को काटना है।'

पिता ने सोचकर कहा, 'मिलने की क्या बात बेटा ! वे ही तो सब जगह हैं।'

'फिर उन्हें ढूंढ़ते क्यों हैं ?'

'जो स्वार्थ में बंध जाते हैं वे नहीं देख पाते, वे ही मूर्खता के कारण उसे ढूंढ़ते हैं, वर्ना वह तो सब जगह है। वह ही पुण्यस्वरूप आलोक है। वह ईश्वर ही सबमें है, उस ईश्वर को न पाने का कारण है कि अहंकार और मद में मनुष्य अपने संसार के व्यवहार को बिगाड़ लेता है, दूसरों को सताता है, दबाता है, उससे भगवान दूर हो जाता है, या कहो कि भगवान से अपने-आपको वे दूर कर लेते हैं, क्योंकि प्रेम और ममता को मिटाकर अहं और भेद को उठाते हैं और वे दोनों तभी उठते हैं जब वे सच्चाई और प्रेम को, स्वतन्त्रता को दबा चुकते हैं।'

पिता ने कहा था, 'बेटा ! यह संसार किधर जा रहा है। साधु के नाम पर ठगाई हो रही है। चारों तरफ घर छोड़कर हाथ पर हाथ धरकर खाने का यह तरीका लोगों ने खूब निकाल लिया है !

और पिता ने अपने-आप विक्षोभ-भरे स्वर से गाया था। मानो अपने आपको सुना रहे थे...

साधु भया तो क्या भया

माला   पहिरी   चार

बाहर भेस बनाइया

भीतर   भरी   भंगार।

माला तिलक लगाइकै

भक्ति न आई हाथ

दाढ़ी मूंछ मुडाय कै

चले दुनी के साथ।

दाढ़ी मूंछ मुड़ाई कै

हुआ   घोटमघोट

मन को क्यों नहिं मूड़िए

जामें भरिया खोट।

केसन कहा बिगारिया

जो मूड़ौ सौ बार

मन को क्यों नहिं मूड़िए

जामें विषै विकार।

बांबी   कूटें   बावरे

सांप न मारा जाय

मूरख बांबी न डसै

सर्प सबन को खाय।

मां हंसी थी।

'क्यों हंसती है लोई ?' पिता ने पूछा था।

'हंसूंगी नहीं। तुम बाहर न सुनाना इसे !'

'क्यों ?'

'वे चिढ़ेंगे।'

'चिढ़ लेने दे। मैं क्या सच्चाई कहने से डर जाऊंगा।'

'डरने को नहीं कहती। पर देखते हो। कमाल को भी देखा है !'

'देख लोई,' कबीर ने कहा, 'पाप के अनेक नाम हैं। अपनी निर्बलता को छिपाने के लिए आदमी बहाने ढूंढ़ता है। बहू-बच्चे अगर उसकी आड़ बनते हैं तो वे ही माया के बन्धन हैं। क्या यह जरूरी है कि मैं तुम दोनों के कारण डर-डरकर ज़िन्दगी काटूं ?'

मां ने कहा था, 'डरने को तो कमाल भी नहीं डरता कंत ! क्यों रे, मैं ठीक कहती हूं ?'

मैंने रटा हुआ पद बड़े ऊंचे सुर से गाया था :

गुरु मिला ना सिष मिला

लालन खेला दांव

दोऊ बूड़े धार में

चढ़ि पाथर की नांव।

जानंता बूझा नहीं

बूझि किया नहिं गौन

अन्धे को अन्धा मिला

राह बतावै कौन।

बन्धे को बन्धा मिलै

छूटै कौन उपाय

कर सेवा निरबन्ध की

पल में लेत छुड़ाय।

बात बनाई जग ठगा

मन परमोधा नाहिं

कह कबीर मन लै गया

लख चौरासी मांहि।

पिता ने सुना तो आनन्द हुआ था।

बोले, 'तुझे किसने सिखाया है ?'

'मां ने !'

'तू खुद उसे सिखाती है सो ?'

'क्यों न सिखाऊंगी ! जो पसन्द आएगा जरूर सिखाऊंगी। बेटा है तो क्या बिगड़ने को है ! तुम तो कबीर ही हो। मेरे बेटे को कमाल होना चाहिए न ?'

'सबको दो लोई, सबको दो, चल-चलकर पहुंचाओ, रुको नहीं,' पिता ने कहा था।

लोई कह उठी थी, 'पर तुमने ही तो कहा था—

'नीर पियावत का फिरै

पर घर सायर बारि

तृषावंत जो होइगा

पीवैगा झख मारि।'

पिता मुस्करा दिए थे, 'कहा था : वह वारि भगवान है। वह आप ही जागता है...'

'कब ?'

'जब स्वार्थ डूबता है, सत्य उठता है...'

'स्वार्थ ! कभी क्या उसका भी अन्त हो सकता है ?' मैंने पूछा था।

'जब गुरुकृपा होती है कमाल, तब सब कुछ हो जाता है।' पिता ने स्पष्ट कहा था।

'गुरु ?' मैंने पूछा था—'गुरु कौन-सा है। दादा, तुम्हारा ही कौन गुरु है ?'

'जो सिखाने योग्य है वह गुरु है।' पिता ने कहा और गाया—

'गुरु सिकलीगर कीजिए

मनहिं मस्कला देय

मन की मैल छड़ाय कै

चित दरपन करि लेय।'

मां ने कहा, 'आज मेरे मन की कहते हो।'

'क्यों लोई ?' पिता ने दरयाफ्त किया।

'मुझसे पूछते हो ? तुम नहीं जानते ?'

'मैं समझता हूं लोई। गुरु गद्दीवाला नहीं है, गुरु तो मेहनत करने वाला है।

गुरु धोबी सिष कापड़ा

साबुन सिरजन हार

सुरत सिला पर धोइए

निकसै जोति अपार।'

मां ने मस्ती से कहा, 'कंत, मुझे नई हिम्मत मिली।'

'तूने ही एक दिन सहारा दिया था लोई।'

मां ने कहा, 'नहीं, कबीर खुद जागा था।'

पिता ने कहा, 'कच्ची मिट्टी का रूप जग उठा है—

'गुरु कुम्हार सिष कुम्भ हैं

गढ़ गढ़ काढ़ै खोट

अन्तर हाथ सहार दै

बाहर बाहै चोट।'

मैंने नई परिभाषाएं सुनीं। वे बातें जब घर के बाहर मैंने सुनाईं तो जोगी बिगड़ उठे।

गुरु !!

गुरु !! और ऐसे संसारी !!

वे उसे रूपक के तौर पर भी नहीं मानते थे।

क्यों ?

क्योंकि सहजयानी और नाथ, सूफी और शाक्त सब गुरु को एक आडम्बर बना बैठे थे। ब्राह्मणों तक पर इसका प्रभाव था।

पिता की ललकारें पथों पर गूंजने लगीं। आबाल वृद्ध सुनते। उनमें विद्रोह-सा जाग उठता। पिता के शब्द पुराने विश्वासों को झकझोर उठते। नए भावों के सिंह अन्धकारमयी दिमागी गुफाओं में भूखे-से गरजने लगते और बाहर आकर रूढ़ियों के शिकार करने को व्याकुल हो उठते। एक बार पिता ने जोगियों के अखाड़े में जाकर ठट्ठा मचा दिया। वे गा उठे—

'ऐसा जोग न देखा भाई।

भूला फिरै लिए गफिलाई।

महादेव का पंथ चलावै।

ऐसो बड़ो महन्त कहावै।

हाट बाट में लावै नारी।

कच्चे सिद्धन माया प्यारी।

कब दत्ते[1] मावासी[2] तोरी।

कब सुकदेव तोपची जोरी।

कब नारद बन्दूक चलाया।

ब्यासदेव कब बम्ब बजाया।

करहिं लड़ाई मति के मन्दा।

ई हैं अतिथि के तरकस बन्दा।

भए विरक्त लोभ मन ठाना।

---

1. दत्तात्रेय

2. मस्जिद

सोना पहिरि लजावैं बाना।

घोरा घोरी कीन्ह बटोरा।

गांव पाय जस चले करोरा।

जोगी लड़ाई के लिए प्रजा को उकसा रहे थे। उन्होंने चमत्कार दिखाने की चेष्टा की। पिता ने उसे भी काट दिया। बोल उठे—

'आसन उड़ए कौन बड़ाई।

जैसे काग चील्ह मंड़राई।

जैसी भिस्त तैसी है नारी।

राजपाट सब गिनै उजारी।

जैसे नरक तस चन्दन माना।

जस बाउर तस रहै सयाना।

लपसी लौंग गनै एक सारा।

खांडै परिहरि फांकै छारा।'

नारी के लिए बहिश्त का प्रयोग उन नारी-विरोधियों में धधक उठा। उनके मार्ग को पिता ने विनाश का मार्ग कहा। उनको पिता ने बुद्धिहीन कह दिया।

काशी में बवंडर उठने के-से आसार दिखाई देने लगे।

भंग घोटते, सुलफा पीते जोगी और मुफ्तखोरे साधु अपने चिमटे बजाने लगे। वे क्रुद्ध थे। पर कबीर फक्कड़ था, अक्खड़ था—निडर था, निर्द्वन्द्व...भीड़ें उसे देखकर विह्वल हो जाती थीं।

सारी काशी उसकी बात सुनकर झूमती थी, परन्तु मुल्ला और पण्डित नहीं सुनते। उनके मुख पर एक घृणा थी। यह जुलाहा ! नीच ! धर्म और मज़हब के विरुद्ध बोलता है। पिता ने भरी सड़क पर भीड़ में गाया :

'ऐसो भरम बिगुरपन[1] भारी

बेद किताब दीन औ दोजख

को पुरुषा को नारी।

माटी के घर साज बनाया

नादे बिन्दु समाना[2]

घन बिनसे[3] क्या नाम धरहुगे

अहमक खोज भुलाना।

---

1. असमंजस, 2. शब्द ब्रह्म और बिन्दु

3. वीर्य विनष्ट होने पर

एकै हाड़ त्वचा मलमूत्रा

रुधिर गुदा एक मुद्रा।

एक बिन्दु[1] ते सृष्टि रच्यौ है

को ब्रह्मण को शूद्रा।

रजगुण ब्रह्म तमोगुण शंकर

सतोगुणी हरि सोई।

कहै कबीर राम रमि रहिया

हिन्दू तुरक न कोई।

पथ पर लोगों में हलचल मच गई।

पण्डित चिल्लाया, 'पापी है।'

मुल्ला चिल्लाया, 'काफिर भी नहीं, दोजख का रास्ता है।'

और जुलाहों में आवेश का झण्डा फहराने लगा।

कबीर ने आदिनाद किया था।

उसने गर्जन किया था कि इस देश में कोई हिन्दू और कोई मुसलमान नहीं। उसने पुराने अहंकार और नए अहंकार, दोनों को समान रूप से खंडित किया था।

सब मनुष्य समान हैं।

उसने कहा था, 'मनुष्य मनुष्य है।

उसने कहा था, 'यह देश अपना है। हम विदेशियों के रंग में रंगेंगे नहीं, क्योंकि वे इस्लाम के नाम पर भटके हुए हैं।'

उसने कहा था, 'यह देश कुलीन उच्च वर्णों की संस्कृति का ही नहीं है, जिसे ही सब कुछ मान लिया जाए, जिसके अन्याय और पाप को देश-भक्ति और धर्म-संस्कृति के नाम पर बचाया जाए।' उसने तो एक नये मनुष्य के लिए नई जमीन तैयार करने की कोशिश की थी। जहां विदेशी का अहंकार और अत्याचार न हो, जहां उच्चवर्णों का असाम्य और दम्भ न हों। जहां मनुष्य के रूप में नीच माने जाने वाले उठें।

उसने संस्कृति का नया रूप मांगा था। वह जागरण का स्वर था, जो वर्णों और सम्प्रदायों में से मनुष्य को मुक्त करना चाहता था। तभी उसने गाया था—

'राम के नाम ते पिंड ब्रह्मांड सब

राम का नाम सुनि भरम मानी।

---

1. वीर्य

निरगुन निरंकार के पार परब्रह्मैह

तासु को नाम रंकार जानी।

विष्णु पूजा करै ध्यान शंकर धरै

मनहिं सुविरंच बहु विविध बानी

कहै कबीर कोउ पार पावै नहीं

राम को नाम है अकह कहानी।'

उसने कहा था, 'ब्रह्म तो अकह है। उसे कोई नहीं जानता।'

अपनी संस्कृति के नाम पर जो उच्चवर्ण हम नीच वर्णों पर अत्याचार करते थे, वह सचमुच उच्चवर्णों की ही तो स्वार्थ-साधिका थी। उस संस्कृति के उसी रूप की रक्षा से हमें क्या लाभ था ?

और वह कबीर ही था जो उच्चवर्णों का विरोध करते समय यह नहीं भूला कि इस्लाम की मुक्ति का रास्ता न था। यह वर्ण-भेद नहीं मानता था, पर गरीब को वहां भी सुख न था। वह विदेशियों के सामने पराजित नहीं हुआ। उसने बताया कि इन दो के अतिरिक्त एक सत्य और था।

वह सत्य था जनता का !

मनुष्य का !

अपराजित मनुष्य का।

जो पिस रहा था, पर कबीर की फौलादी आवाज़ ने उच्चवर्णों की रूढ़ियों की दीवारों और विदेशियों की उठी हुई तलवारों को विभ्रान्त कर दिया।

काशी के सिकलीगर, मनिहार और निम्न जाति के लोग उठने लगे।

कबीर की पुकार जनता की रोटी के साथ बढ़ने लगी और फिर गज़ब हुआ। वे नीच जातियां जो इस्लाम के अधिकारों की चकमक में मुसलमान हो गई थीं, उन्होंने अपनी पुरानी सत्ता को पहचाना, उन्होंने स्वीकार किया, वे बिक गई थीं, और फिर वे जातियां कबीर के झंडे के नीचे आने लगीं। कबीर घर-घर में नई चेतना फैलाता रहा।

काशी उस समय भारत का हृदय थी। वहां सब धर्म के अपने-अपने मठ लिए बैठे थे।

केवल कबीर के पास कुछ नहीं था, केवल शब्द था, वह उसी शब्द को अपना ब्रह्म कहा करता था...

उसके उपहास बढ़ने लगे :

'वेद किताब सुमृत नहिं संयम

नाहिं यमन परसाही

बांग निवाज़ नहीं तब कमला
रामौ नहीं खोदा[1] ही।
आदि अन्त सन मध्य न होते
आतश पवन न पानी
लख चौरासी जीव जन्तु नहिं
साखी सबद न बानी।
कहहिं कबीर सुनो हो अवधू
आगे करहु विचारा
पूरन ब्रह्म कहां ते प्रगटे
किरतम[2] किन उपचारा।
अविगति की गति क्या कहों
जाके गांव न ठाऊं।
गुणों विहीना पेखना[3]
का कहिं लीजै नाऊं।'

उसने पुकारा था—

वेद स्मृति शाश्वत ज्ञान नहीं है।

नमाज भी अन्त नहीं है।

कबीर ने पूछा, 'इनके पहले क्या था ?'

उसने पूछा, 'इनके आगे क्या है ?'

'तुम नहीं जानते,' उसने कहा—'कोई नहीं जानता। फिर जब कोई नहीं जानता, तो उसका नाम क्यों धरते हो ? उसका नाम लेकर क्यों लड़ते हो ? वह तो तुम्हारी सीमाओं में आने वाला नहीं है ? तुमने किस संबल से उसका नाम धर दिया ?'

मैंने कहा था, 'दादा ! तुम ब्रह्म को नहीं मानते ?'

पिता ने कहा था, 'बेटा! मैं मानता हूं पर सब चलते देखता हूं इसी से मानता हूं। पर वह निस्सन्देह वह नहीं है जो ये लोग कहते हैं।'

'क्यों ?'

'क्योंकि इनकी परमात्मा की कल्पनाएं इनके अपने स्वार्थों के साथ लगी हैं।

---

1. खुदा
2. कृत्रिम
3. देखना

इनका परमात्मा एक रूढ़ि है, ये लीक पीटते हैं, जानता है क्यों ?'

'क्यों भला ?'

'क्योंकि इनका परमात्मा ही इनके पेट भरने का साधन है।'

'तुम भी तो कहते हो वही परमात्मा सबका पेट भरता है ?'

पिता ने कहा था, 'ठीक है बेटा, भरता है। पर क्या वह एक का भरकर दूसरे का पेट काटता है ?'

मैं अवाक् रह गया था। पिता ने काशी के भरे बाज़ार में घोषणा की थी—

संतो आवै जाय सो माया

है प्रतिपाल काल नहिं वाके

ना कहुं गया न आया।

क्या मकसूद मच्छ कक्ष होना

शंखासुर न संघारा

अहै दयालु द्रोह नहिं बाके

कहहु कौन को मारा।

वे कर्त्ता न बराह कहावैं

धरणि धरैं नहिं भारा

ई सब काम साहेब के नाहीं

झूठ गहै संसारा।

खम्भ फारि जो बाहरि होई

ताहि पतिज सब कोई।

हिरनाकुस नख उदर बिदारे

सो नहिं कर्ता होई।

बावन रूप न बलि की जांचै

जो जांचै सो माया

बिना विवेक सकल जग जंहड़े[1]

माया जग भरमाया।

परशुराम छत्री नहिं मारा

ई छल माया कीन्हा

सतगुरु भक्ति वेद नहिं जानैं

जीव अमिथ्या दीन्हा।

---

1. जकड़ दिया

सिरजनहार न ब्याही सीता

जल पखान नहिं बंधा

वे रघुनाथ एक कै सुमिरें

जो सुमिरें सो अन्धा।

गोप ग्वाल गोकुल नहिं आए

करते[1] कंस न मारा

मेहरबान है सबका साहब

नहिं जीता नहिं हारा।

वे कर्ता नहिं बौध[2] कहावें

नहीं असुर को मारा

ज्ञानहीन कर्ता सब भरमे

माया जग संहारा।

वे कर्ता नहिं भए कलंकी

नहीं कलिंगहिं मारा

ई छल बल सब मायै कीन्हा

जतिन सतिन सब हारा।

दस अवतार ईश्वरी माया

कर्ता कै जिन पूजा

कहै कबीर सुना हो सन्तो

उपज खपै सो दूजा।'

मैं स्वयं आतंकित हो उठा था। यह मैं क्या सुन रहा था ! यह कौन-सी आवाज़ थी। उसने पहचान लिया था कि निश्चय ही दलितों और अछूतों और गरीबों का वही देवता नहीं हो सकता जो उच्च वर्णों और ऊंचों का हो। पहले पिता राम को मानते थे। फिर उन्होंने अवतार का खंडन किया।

---

1. कर्ता

2. बुद्ध : कबीर के समय में बुद्ध को असुरों का नाशक कहते थे। नानक ने भी ऐसा ही कहा था।

तब तक बौद्ध समाप्त हो चुके थे। बुद्ध को भारत में ब्राह्मणों ने पूज्य मान लिया था। बुद्ध ने ईश्वर और वेद-विरोध किया था। इस बात को यों ढंका गया—भगवान ने बुद्ध को कर्मकाण्ड की हिंसा की अति रोकने को भेजा था। असुर वेद को नष्ट करना चाहते थे। बुद्ध ने कहा : वेद है ही नहीं, ईश्वर है ही नहीं। इस प्रकार बुद्ध ने असुरों को भ्रम में डाल दिया और उनका संहार कर दिया।

मैंने पूछा, 'दादा। यह क्यों हुआ ? तुम तो इसे मानते थे न ?'

'मानता था।' पिता ने कहा, 'परन्तु तब मैं इस देश के सब धर्मों को एक करना चाहता था। इस्लाम की गोदी में अनेक नीच जातियां ब्राह्मणों की कट्टरता से चली गई हैं। परन्तु मैं ब्राह्मण धर्म और इस्लाम दोनों को ही अमीरों और उच्चकुलों का धर्म मानता हूं। हम गरीबों के तो ये दोनों धर्म नहीं हैं।'

'तो क्या, जोग है ?'

'जोगी असामाजिक लोग हैं, वे औरों के बल पर पेट पालते हैं। वे संसार के बोझ हैं। गुरु गोरखनाथ महान थे, पर उनके चेले नहीं हैं। गुरु गोरख ने बामारग को मारा था, चेले अनेक तरीके निकालकर उसी में चले गए हैं।'

'तो फिर तुम क्या चाहते हो !'

'नया रास्ता।'

मैंने देखा ! उस समय पिता के मुख पर मनुष्य के भविष्य के विषय में चिन्तन करते हुए अखण्ड विश्वास था।

'वह रास्ता कौन-सा देवता मानता है दादा।'

'देवता !' दादा ने कहा—'मैं कैसे बताऊं कमाल ! मैं नहीं जानता। वह सब करता है पर उसे कोई बता कैसे सकता है, वह निश्चय उन रूढियों और सीमाओं से बंधा नहीं है, जैसा ये लोग कहते हैं।' वे गाने लगे थे—

'तेहि साहब के लागो साथा

दुइ मुख मेटि के होहु सनाथा।

दशरथ कुल अवतरि नहिं आया

नहि लंका के राय सताया।

नहिं देवकि के गर्भहिं आया

नहीं यशोदा गोद खिलाया।

पृथ्वी रमन दमन नहिं करिया

बैठि पताल नहीं बलि छलिया।

नहिं बलिराम सों मांड़ी रारी

नहिं हिरनाकुस बधल पछारी

रूप बराह धरणि नहिं धरिया

छत्री मारि निछत्रि न करिया।

नहिं गोबर्धन कर पर धरिया

नहीं ग्वाल संग बन बन फिरिया।

गंडक शालग्राम न शीला

मत्स्य कच्छ है नहिं जलहीला ।
द्वारावती   शरीर   न   छांड़ा
         लै जगनाथ पिंड नहिं गाड़ा ।
कहहिं   कबीर   पुकारि   कै
         वा   पंथे   मत   भूलि ।
जेहि   राखे   अनुमान   करि
         थूल   नहीं   असथूल ।'

मैं समझा । पिता ने कहा, 'अगर इस्लाम से लड़ना है तो अवतार अच्छे हैं, ब्राह्मण धर्म है । पर क्या इस्लाम और ब्राह्मण के अलावा आदमी के लिए कोई रास्ता नहीं हैं जिसमें घृणा, भेद, ऊंच, नीच न हो ? लेकिन प्रजा नहीं समझती । वह इन्हीं के बन्धनों में है । दुनिया से रोज़ की बुराई का दूर होना ही माया का हटकर भगवान का प्रकट होना है । लोग हिन्दू संस्कृति की बात करते हैं, पर संस्कृति क्या वर्णों में बंधी है ? हम दीन क्या कुछ नहीं हैं ?'

पिता चिन्ता में डूब गए थे ।

मैंने पूछा था, 'दादा ! नया धर्म कैसा होगा ?'

'बेटा, वह रूढ़ नहीं होगा ।' पिता ने कहा और वे मग्न होकर गा उठे—

'साधु साधु सब एक हैं
         ज्यों पोस्ते का खेत
कोई विवेकी लाल है
         नहीं सेत का सेत ।
जाति न पूछो साध की
         पूछ लीजिए ज्ञान
मोल करो तलवार का
         पड़ा रहन दो म्यान ।
साधू भूखा भाव का
         धन का भूखा नाहिं
धन का भूखा जो फिरै
         सो तो साधू नाहिं ।
बिना वसीले चाकरी
         बिना बुद्धि की देह
बिना ज्ञान का जोगना
         फिरै लगाए खेह ।'

और मैंने देखा पिता हाथ की कमाई पर कितना जोर देते थे। अब मैंने देखा है कि दक्षिण के लिंगायत भी कायिक पर बड़ा जोर देते हैं। पिता को मुफ्तखोरों से चिढ़ थी।

मुझे इस एक बात में सब धर्मों के व्यवहार की जड़ कटती हुई दिखाई दी।

पिता पहले सगुण मानते थे।

फिर वे रहस्य की ओर झुके।

रहस्य ने शून्य पर पहुंचाया।

शून्य ने साधू बनाया।

साधू बनकर भीख मांगनी पड़ी तो घृणा हो गई।

पेट के लिए इज़्ज़त ने पुकारा।

इज़्ज़त ने कहा—मेहनत कर।

मेहनत ने ईमान की ओर भेजा।

ईमान ने उन्हें ठोस तार्किक बना दिया।

संसार में पहले ज़िन्दगी की ज़िम्मेदारियां ही माया मानी जाती थीं। पिता ने उन जिम्मेदारियों में दूसरे को दुःख देने और गले काटने वाली बात को माया कहा।

सगुण वे मानते नहीं थे, क्योंकि सगुण की आड़ में मनुष्य रूढ़ियों को मानता था। ब्राह्मण ढोंग फैलाते थे।

निर्गुण को वे नहीं मानते थे, क्योंकि उसे किसी प्रकार कोई समझा नहीं सका था।

हिंसा से उन्हें बड़ी घृणा थी। तभी कहा था—

'बकरी पाती खात है
ताकी काढ़ी खाल
जो बकरी को खात है
ताकौ कौन हवाल
दिन को रोजा रहत है
रात हनत हैं गाय
यह तो खून वह बंदगी
कहु क्यों खुसी खुदाय।
खुस खाना है खीचरी
माहि परा टुक नौन
मांस पराया खाय कर
गरा कटावै कौन।'

मुसलमान शासक थे। जब उन्होंने सुना तो उन्हें क्रोध हो आया।

मुल्ला रहमान अपने मुरीदों के साथ आए।

'कहां है वह जुलाहा ?' वे पुकार उठे।

हम तब चबूतरे पर बैठे थे। पिता ने खड़े होकर कहा, 'आएं। विराजें। हम पवित्र हुए।'

मुल्ला जी शान्त हुए।

कहा, 'सुना है तुम मुसलमानों के खिलाफ लोगों को भड़का रहे हो !'

'नहीं मुल्ला साहेब !' पिता ने कहा, 'मैं किसी से जलता नहीं।'

मुल्ला जी ने अपने मुरीदों की ओर देखा। जैसे अब कहो।

एक मुरीद ने कहा, 'नहीं साहेब ! यह जुलाहा कहता था कि रोज़ा रखने वाला गाय खाता है। यह क्या हिन्दू वाली बात नहीं ?'

'तुमने कहा था ? मुल्ला ने पूछा।'

पिता मुस्कराए। कहा, 'तो किसी बेकुसूर जानवर की जान की हिफाजत करना आदमी को हिन्दू बना देना है ?'

'लेकिन हिन्दू गाय को नहीं खाते।' मुल्ला जी ने कहा।

'न खाएं।' पिता ने कहा, 'वे दूसरे मांस खाते हैं।'

'तो तुम वैश्नो हो ?' मुल्ला जी ने कहा।

'नहीं।'

'क्या हो।'

पिता चुप रहे।

मुल्ला जी ने फिर पूछा। पिता ने कहा—

'ऐसा लो तत ऐसा लो।

मैं केहि विधि कहों गंभीरा लो।

बाहर कहौं तो सतगुरु लाजै

भीतर कहौं तो झूठा लो।

बाहर भीतर सकल निरन्तर

गुरु परतापै दीठा लो।'

मुल्ला जी समझे नहीं। कहा, 'तो तू अल्लाह को भी नहीं मानता। बौध है ?'

'नहीं।' पिता ने कहा।

'फिर ?'

'मैं नहीं कह सकता, पिता कह उठे—

‘एकै काल सकल संसारा

एक नाम है जगत पियारा।

त्रिया पुरुष कछु कथो न जाई

सर्व रूप जग रहा समाई।’

‘मुझे स्त्री-पुरुष सबमें वही दिखाई देता है, पर वह स्त्री नहीं है, पुरुष नहीं है, वह निराकार नहीं है, साकार में सीमित नहीं है।’

मुल्ला जी विक्षुब्ध हो उठे। बोले, ‘तू कुछ नहीं मानता ?’

‘मैं सब मानता हूं,’ पिता ने कहा।

‘तो उसे समझा नहीं सकता ?’

‘आदमी की अकल ही कितनी मुल्ला साहेब ! आदमी की पहुंच ही कितनी। वह तो उतना ही जानता है जिसकी कल्पना कर सकता है—

‘अवधू छोड़हु मन विस्तारा।

सो पद गहो जाहि ते सद्गति

पारब्रह्म   ते   न्यारा।

नहीं महादेव नहीं मुहम्मद

हरि हजरत सब नांही

आदम ब्रह्म नाहिं सब होते

नहीं धूप नहिं छांही।

असी[1] सहस्र पैगम्बर नाहीं

सहस   अठासी   मूनी[2]

चंद्र सूर्य्य तारागन नाहीं

मच्छ कच्छ नहिं दूनीं।’

‘क्या बकता है ?’ मुल्ला जी गरजे।

पिता ने कहा, ‘मैं सच कहता हूं। मुल्ला साहब ! आप ही बताए—

‘पेटहुं काहु न वेद पढ़ाया

सुनति कराय तुरक नहिं आया,

नारी गोचित गर्भ प्रसूती

स्वांग धरै बहुतै करतूती।

तहिया हम तुम एकै लोहू

एकै प्राण बियायल मोहूं।’

---

1. अस्सी, 2. मुनि

मुल्ला जी क्रोध से उठ खड़े हुए। बोले, 'सुना तुम सबने ! काजी जी के पास चलो। यह अपने को न हिंदू कहता है, न बौध, पर मुसलमानों की बुराई करता है।'

'मजाल तो देखिए आका !' एक मुरीद ने दाद दी, 'ये सब काफिर हैं।'

मुल्ला जी ने पलटकर कहा, 'जुलाहे ! तू आग में हाथ डाल रहा है।'

'कैसे मुल्ला साहब ?' पिता शान्त थे।

'बता।' मुल्ला चिल्लाया, 'तू कौन मज़हब मानता है ?'

पिता उठे। उन्नत ललाट उन्होंने हाथ उठाकर पुकारा—

'ना मैं धरमी, नाहिं अधरमी

ना मैं जती, न कामी हो।

ना मैं कहता, ना मैं सुनता

ना मैं सेवक, स्वामी हो।

ना मैं बंधा, न मैं मुक्ता

ना निरबंध सरबंगी हो।

ना काहू से न्यारा हुआ

ना काहू को संगी हो।

ना हम नरक लोक को जाते

ना हम सरग सिधारे हो

सब ही कर्म हमारा कीया

हम कर्मन ते न्यारे हो।'

कोई नहीं समझा।

एक जोगी जो मुसलमान हो गया था बोला, 'सुन्न को मानने वाला लगता है।'

पिता ने कहा, 'नहीं। वह सुन्न अगर मुझे बांधता है तो मैं बंधने को तैयार नहीं हूं। मेरे लिए सब बराबर हैं। मैं किसी भेद-भाव को नहीं मानता—

'आपुहि करता भे करतारा।

बहु बिधि बालन गढ़ै कुम्हारा।।

बिधना सबै कीन यक ठाऊं।

अनिक जनत कै बनक बनाऊं।।

जठर अग्नि महं दिय परजाली।

तामें आप भये प्रतिपाली।।

सांची बात कहौं मैं अपनी।

भया दिवाना और कि सपनी।।
गुप्त प्रकट है एकै मुद्रा।
काको कहिये, ब्राह्मन सुद्रा।।
झूठ गरब भूलै मति कोई।
हिंदू तुरुक झूठ कुल दोई।।'

'झूठ !' मुल्ला गरजा।

'हिंदू भी ?' कोई चिल्लाया।

'नास्तिक है।'

'अरे, नीच जुलाहा है।'

पिता ने कहा, 'तुम भूले हुए हो। अगर तुम सचमुच भगवान के बनाए अलग-अलग हो, अगर हिन्दू और मुसलमान जन्म से अलग हों तो मैं झूठा हूं। बोलो—

'जो तोहि कर्त्ता वही विचारा
जन्मत तीन दण्ड अनुसारा
जन्मत शुद्र भए पुनि शूद्रा
कृत्रिम जनेऊ घालि जगदुंदा।
ओ ब्राह्मन बाम्हनी जाए
और राह तुम काहे न आये ?
जो तू तुरक तुरकिनी जाया[1]
पेटै काहे न सुनति कराया ?
कारी पीरी दूहौ[2] गाई[3]
ताकर[4] दूध देहु बिलगाई[5]।'

यह ऐसी भयानक बात थी जिसको इन स्पष्ट शब्दों में सुनने की वहां किसी में भी ताब नहीं थी। सीधी चोट थी। लेकिन वह इंसान की पुकार थी, वह जो न उच्चवर्णों से दबी थी, न इस्लाम के खड्ग से।

पिता ने जोर से हांक लगाई—

---

1. पैदा किया हुआ

2. दुह

3. गाय

4. उनका

5. अलग कर दो !

'दुइ जगदीश कहां ते आए

कहु कौनै भरमाया

अल्ला राम करिम केशव हरि

हजरत नाम धराया ।

गहना एक कनक ते गहना

तामैं भाव न दूजा

कहन सुनन को दुइ कर घाते

एक नेवाज एक पूजा ।

वही महादेव वही मुहम्मद

ब्रह्मा आदम कहिए

कोइ हिन्दू कोई तुरक कहावै

एक जमीं पर रहिये ।

बेद किताब पढ़ै वे कुतबा

वे मौलाना वे पांडे

बिगत बिगत कै नाम धरायौ

एक माटी के भांडे

कह कबीर ते दोनों भूले

रामहुं किनहुं ना पाया,

वे खसिया[1], वे गाय कटावैं

वादै[2] जनम गंवाया ।

पिता ने कहा था, 'एक ज़मीन पर रहना है ।'

ज़मीन !

ज़मीन ! ! !

मेरे कानों में गूंजने लगा ।

समता किसकी ! !

धरती की !

क्यों ?

क्योंकि कोई भेद नहीं लगता ।

वे वाद आपसी स्वार्थों के झगड़े हैं ।

____

1. बकरा

2. वादै—वाद-विवाद में

पिता को मुसलमान विदेशी लगकर भी घृणित नहीं थे। वे उन्हें भी रूढ़ियों में जकड़ा देखते थे। इस्लाम की बराबरी की पुकार की असलियत, ऊंच-नीच का व्यवहार वे खूब समझते थे।

और पिता ने जो मुल्ला साहब से कहा था उससे मिलता-जुलता ही उन्होंने फिसलते पंडितों से भी कहा था :

'पंडित देखो हृदय बिचारी

कौन पुरुष को नारी।

सहज समाना घट-घट बोलै

वाको चरित अनूपा

वाको नाम कहा कहि लीजै

ना ओहि वरन न रूपा।

वेद पुरान कुरान कितेबा

नाना भांति बखानी

हिन्दू तुरक जैन औ' जोगी

ऐकल कांहु न जानी।

छ दरशन[1] में जो परवाना[2]

तासु नाम मनमाना

कह कबीर हम ही हैं बौरे[3]

ई सब खलक[4] सयाना।'

उन्होंने स्पष्ट कहा था कि कोई भी भगवान को नहीं जानता। सब भगवान की आड़ में पाप कमाते हैं। उन्होंने व्यंग्य से कहा भी था कि यह सब जहान सयाना है, केवल कबीर ही पागल हो गया है। वे यह न कहते तो कहते भी क्या ? कोई विश्वास ही नहीं करता था।

'जल बिच मीन पियासी

मोहि देखि देखि आवै हांसी।'

और सचमुच वे हंस उठे थे।

'क्या हुआ ?' मैंने पूछा था।

---

1. षट्‌ दर्शन, 2. प्रमाण

3. पागल

4. संसार

'बेटा, मुझे रोना आता है।'

'पर तुम हंसते हो ?'

'और मैं करूं भी क्या ?'

'क्यों ?'

'देखता है यह संसार कितना भटका हुआ है। सारे जहान में भगवान है। सृष्टि ही एक आश्चर्य है। उस आश्चर्य की सीमाएं बांधकर यह लड़ता है और अपनी सीमित बुद्धि को ही सब कुछ कहने लगता है।'

दूसरे दिन उधर अजान की पुकार सुनाई पड़ी, इधर पिता ने सड़क पर तान छेड़ी—

'ना जानें तेरा साहेब कैसा।

मसजिद भीतर मुल्ला पुकारै

क्या साहेब तेरा बहिरा है।

चिउंटी के पग नेवर बाजै

सो भी साहेब सुनता है।

पण्डित होय के आसन मारै

लंबी माला जपता है।

अन्तर तेरे कपट कतरनी

सो भी साहब लखता है।

ऊंचा नीचा महल बनाया

गहरी नींव जमाता है।

चलने का मनसूबा नाहीं

रहने को मन करता है।

कौड़ी कौड़ी माया जोड़ी

गाड़ि जमीं में धरता है।

जेहि लहना है सो लै जैहै

पापी बहि बहि मरता है।

सतवंती को गजी मिलै नहिं

वेश्या पहिरे खासा है।

जेहि घर साधु भीख न पावै

भडुआ खात बतासा है।'

लोग इकट्ठे होने लगे थे।

पंडित, मुल्ला, जोगी, जैनी, सब ही असंतुष्ट थे। पर दलित जनता प्रसन्न थी।

कबीर ने कहा था, 'तुम धरम के नाम पर वेश्या को नचाते हो और वह स्त्री जो सती-साध्वी है उसे पेट भरने को भी नहीं मिलता। एक ओर स्त्री से खिलवाड़ करके तुम स्त्री के गौरव को घटा रहे हो। जो जीवन को पवित्रता से बिताते हैं उन्हें सहायता नहीं देते, भीख तक नहीं देते, भड़ुओं को बतासा खिलाते हो। धन जोड़ते हो, वही तो माया है।'

परन्तु उच्च वर्गों ने नहीं सुना।

वे सब अलग-अलग गिरोह-बंदी करके पिता की हत्या की योजना करने लगे।

मैं पिता को घर ले आया।

'लोई', पिता ने कहा—'कमाल घबराता है।'

मां ने मुस्कराकर कहा—'मेरा बेटा डरना क्या जाने कंत! वह पीछे नहीं रहेगा।'

दूसरे दिन तो वे सोचते रहे, पर तीसरे दिन दुपहर ढले वे बाज़ार में गाने लगे—

'अरे इन दोउन राह न पाई।
हिन्दू अपनी करै बड़ाई
    गागर छुवन न देई।
वेस्या के पायन तर सोवै
    यह देखो हिन्दुआई।
मुसलमान के पीर औलिया
    मुरगी मुरगा खाई।
खाला केरी बेटी ब्याहैं
    घरहि में करैं सगाई।
बाहर से इक मुर्दा लाए
    धोय धाय चढ़वाई।
सब सखियां मिलि जेंवन बैठीं
    घर भर करैं बड़ाई।
हिन्दुन की हिन्दुआई देखी
    तुरकन की तुरकाई।
कहैं कबीर सुनो भाई साधौ
    कौन राह है जाई।'

जुलाहे ठट्ठा करके हिन्दुओं और मुसलमानों को चिढ़ाने लगे।

एक पंडित आगे आया। उसने कहा, 'कबीर, मुझे जवाब दे।'

पिता ने मुड़कर देखा।

'मैं पूछता हूं तू मुसलमानों का गुप्त प्रचार कर रहा है ? तभी तू छूत मिटाना चाहता है ?'

पिता ने कहा, 'नहीं पंडित जी, मैं उनकी तारीफ नहीं करता। मुझे तो दोनों ही में खोट दिखाई देता है।'

'खोट दीखता है तो तू अपना मार्ग बता।'

'मार्ग एक नहीं हो सकता बाबा। मार्ग की लकीर न खींचो, न उसे पीटो।'

'तो मरजाद क्या रहेगी ?'

'आदमियत।'

'वह क्या है ?'

'किसी को दुःख न देना।'

'पर वह तो कहने की बात है कबीर, करने में कमी न आई है न आएगी।'

पिता ने आंखें उठाकर दूर देखते हुए कहा—'वह दिन भी आएगा बाबा, वह दिन भी आएगा।'

'आएगा तब आएगा, अभी तो धरम रख।'

कुछ मुसलमान इस चर्चा से खुश थे।

एक ने कहा, 'कबीर, तू मुसलमान हो जा।'

'होऊंगा,' पिता ने कहा—'पर पहले मुझे यह समझाओ—

'दर की बात कहौ दरवेसा

बादशाह है कौने भेसा,

कहां कूच कहं करे मुकामा

कौन सुरति को करौं सलामा।

मैं तोहि पूछौं मुसलमाना

लाल जरद का ताना बाना।

काजी काज करो तुम कैसा

घर घर जबै करावौ वैसा।

बकरी मुरगी किन फुरमाया[1]

किसके हुक्म तुम छुरी चलाया।

---

1. बनाए

दरद न जाने पीर कहावै
बैता[1] पढ़ि पढ़ि जग समुझावै।
कह कबीर एक सय्यद कहावै
आप सरीखा जग कबुलावै।

हिन्दू चिल्लाये, 'जो हो, कबीर अपना ही है।'

कबीर ने चिल्लाकर कहा, 'नहीं, किसी का नहीं हूं। मैं किसी का नहीं हूं।'

वे चिल्लाए—'तू कौन है ?'

'मैं आदमी हूं।'

'तू भगवान मानता है ?'

'मानता हूं।'

'वह क्या है ?'

'मैं नहीं जानता, न तुम जानते हो। तुममें से कोई नहीं जानता, सब झूठ कहते हो।'

पिता का स्वर दृढ़ था। उन्होंने कहा, 'बता सकते हो, उसे बता सकते हो ?'

उस स्वर को सुनकर कोई नहीं बोला।

पिता ने फिर कहा, 'वह अगम है और इसलिए हमारी सीमित बुद्धि से परे है। उसके नाम पर तुम लड़ते हो। तुम दोनों ही सचाई से बहुत दूर हो। तुम पागल हो। तुम सचाई को सह नहीं सकते। तुम पागल हो गए हो। तुमने अपनी बुद्धि को बांध लिया है।

और पिता ने सुनाया—

'संतो देखउ जग बौराना।

सांच कहो तो मारन धावै
        झूठे जग पतियाना।
नेमी देखे धरमी देखे
        प्रात करहिं असनाना।
आतम मारि पषाणहिं पूजैं
        उनमें कछू न ज्ञाना।
बहुतक देखे पीर औलिया
        पढ़ें किताब कुराना।
के मुरीद तदबीर बतावै
        उनमें उहै गियाना।

---

1. छंद

आसन मारि डिंभ[1] धरि बैठे
मन में बहुत गुमाना।
पीतर पाथर पूजन लागे
तीरथ गरब भुलाना।
माला पहिरे टोपी दीन्हें
छाप तिलक अनुमाना।
साखी सबदै गावत भूले
आतम खबरि न जाना।
कह हिन्दू मोंहि राम पिआरा
तुरुक कहै रहिमाना।
आपस में दोउ लरि लरि मूए
मरम न काहू जाना।'

मैंने बढ़कर कहा, 'पर दादा, तुम्हें समझाना होगा। वह भगवान है क्या ?'

पिता कहा, 'तो सुन कमाल—

'बाबा अगम अगोचर कैसा
ताते कहि समुझाओं ऐसा।
जो दीसै सो तो है नाहीं,
है सो कहा न जाई।
सैना बैना कहि समुझाओं
गूंगे का गुड़ भाई।
दृष्टि न दीसै, मुष्टि न आवै
बिनसे नाहिं नियारा
ऐसा ज्ञान कथा गुरु मेरे
पण्डित करौ बिचारा।
बिन देखे परतीति न आवै
कहे न कोउ पतियाना।
समुझा होय सो सब्दै चीन्है
अचरज होय आयाना।
कोई ध्यावै निराकार को
कोई ध्यावै साकारा

---

1. पाखण्ड

वह तो इन दोऊ ते न्यारा
            जानै   जाननहारा ।
काजी कथै कतेब कुराना
            पण्डित वे द पु राना
वह अच्छर तो लखा न जाई
            मात्रा लगै न काना ।[1]
नादी बादी पढ़ना गुनना
            बहु चतुराई मीना[2]
कह कबीर सो पड़ै न परलय
            नाम भक्ति जिन चीना ।[3]

और फिर जब भीड़ नहीं समझ सकी तो कबीर ने फिर सुनाया :

'मेरा भगवान राम है भाइयो । पर वह हिंदुओं का राम नहीं है । वह तो सबसे अलग है ।'

वे विभोर-से गा उठे—

            'रामगुण न्यारो न्यारो न्यारो,
अबुझा लोग कहां लौं बूझैं
            बूझनहार   बिचारो ।
केते रामचन्द्र तपसी से
            जिन जग यह बिरमाया
केते कान्ह भए मुरलीधर
            तिन भी अन्त न आया ।
मच्छ कच्छ वाराहस्वरूपी
            वामन   नाम   धराया ।
केते बौध भये निकलंकी
            तिन भी अन्त न पाया
केतिक सिध साधक संन्यासी
            जिन वन बास बसाया
केते मुनिजन गोरख कहिए
            तिन भी अन्त न पाया ।

____

1. बिन्दी, 2. युक्त

3. पहिचानी

जाकी गति ब्रह्मे नहिं पाए

शिव सनकादिक हारे

ताके गुन नर कैसे पैहो

कहै कबीर पुकारे।'

और पिता के अनुसार यह वर्णभेद, जातिभेद, धर्मभेद ये सब अपूर्णताओं के चिह्न थे।

उनका हंस तो सृष्टि के रहस्य पुरुष के पास जा रहा था। बाकी सारी कल्पनाएं नीची थीं[1]। षट्चक्र के ज्ञानी भोगी जिन्हें पार करते हैं, उनसे भी परे वह उड़ता है।[2] हिन्दू उसकी उपमा नहीं दे सकते।[3] आनन्द के द्वारा जब सारे फंदे छूट जाते हैं वहीं पिता का सत्यलोक प्रारम्भ होता है।[4] वह लोक उनका उत्कर्ष है। फंदे वही हैं जो मनुष्य को कायर, लोभी, अत्याचारी, कामी बनाते हैं।

उसका वर्णन ही कौन कर सकता है—

'करत बीहार मन भवानी मुक्ति भै

कर्म और भर्म सब दूर भागै

'रंक औ' भूप कोई परख आवै नहीं

करत कल्लोल बहुभांति भागै।

काम औ क्रोध मद लोभ अभिमान सब

छांड़ि पाखंड सतशब्द लागै।

पुरुष के बदन की कौन महिमा कहौं

जगत में उभय कछु नाहिं पाई।

कहै कब्बीर यहि भांति सौं पाइहो

सत्य की राह सो प्रगट नाई।'

और इसके ऊपर पिता का मृत्युंजय गर्जन उठा। वह मरजीवा ही जो था।

उसने मृत्यु को चुनौती दी थी।

वह काल से लड़ रहा था।

उसने कर्म की रेख पर मेख मारने के लिए लोगों को ललकारा था। वही तो मेरा पिता था। वह तो भगवान का नाम भी जानता था। तभी उसने कहा था—

---

1. तासु के बदन की कोई महिमा कहौ।

2. हंस जात षट्चक को वेध के सातमक्काम में नजर फेरा।

3. रूप की राशि ते रूप उनको बना हिन्दू भी नहीं उपमा निबेरा।

4. भये आनन्द से फन्द सब छोड़िया पहुंचिया जहां सतलोक मेरा।

'ज्ञान का गेंद कर सुरति का दंड कर
खेल   चौगान   मैदान   माहीं।
जगत का भरमना छोड़ दे बालके
आय जा भेख भगवत पाहीं।
भेख भगवन्त की सेस महिमा करैं
सेस के सीस पर चरन डारै।
कामदल जीति कैं कंवल दल सोधि कै
ब्रह्म को बेधि कै क्रोध मारैं।
पदम आसन करैं पवन परिचै करैं
गगन के पहल पर मदन जारै।
कहत कब्बीर कोई सतजन जोहरी
करम की रेख पर मेख मारै।'

वह मेख कर्म की रेख पर नहीं पड़ी, इतिहास पर जाकर पड़ी। नंगे-भूखे जागे और भीड़ों ने कहा, 'कबीर ठीक कहता है।'

कौन-सा कबीर !

जो हिन्दू नहीं है। मुसलमान नहीं है, जो जोगी नहीं है।

जो छुआछूत और ऊंच नहीं मानता, जो हिंसा और दम्भ नहीं मानता, जो समाज से दूर रहकर दूसरों की कमाई पर पलना नहीं मानता। जो स्त्री को केवल भोग की वस्तु नहीं मानता, जो संतान के मोह में दूसरों का गला काटना नहीं मानता, जो धन को ही धन के लिए नहीं चाहता। उसे कोई माने या न माने पर इन्हीं पूर्ण विश्वासों ने उस नंगे गरीब को वह आत्म गौरव दिया था कि वह पुकार उठा—

'धरती तो आसन किया

तम्बू   असमाना

चोला पहिरा खाक का

रह   पाक[1]   समाना।'

और यह सब मनुष्यों को समान मानने की घोषणा आज तक मेरे कानों में गूंज रही है और शायद युगों तक यह इसी तरह अपमानित होकर भी निर्द्वन्द्व गूंजा करेगी, शताब्दियों के निबिड़ान्धकार में चिल्लाया करेगी...

---

1. इन्द्र

उसकी राह अजीब थी

मैं जानता हूं, जो मैं कह रहा हूं वह आपको कुछ सहज ग्राह्य नहीं है।

पर यह सत्य है।

वह तो बिल्कुल अलग था। लोग पूछते हैं कि उसमें ऐसा क्या था जो उसे तुम इतना महान मानते हो। मैं बताता हूं, सुनो।

यह तो सत्य ही है कि वह जुलाहा था। नीज जात था और इसीलिए वह ऊंचे वर्णों को पहले बड़ा मानता था। गुरु रामानन्द से दीक्षा लेकर वह अपने को पवित्र समझने लगा। परन्तु शीघ्र ही नाथजोगियों, सूफियों, वेदांतियों ने उस पर प्रभाव डाला। वह उलटबांसी बोलने लगा। परन्तु वह इतने में समाप्त नहीं हो गया। वह नीच जाति का आदमी ऊंची जातों से रियायतें मांगने में ही खतम नहीं हो गया, वह तो आगे निकल गया। वहीं वह नई बात कहता हूं कि उसने जहां हिन्दू, मुसलमान, जोगी, जैन, शाक्त और बौद्धों को नहीं माना, तब वहीं उसने मनुष्य के नए जागरण की नींव डाली। वह यह नहीं कह सका कि ईश्वर क्या था। उसके पास, जो वह सोचता था, उसे समझाने के लिए शब्द नहीं रहे क्योंकि वह जो कहना चाहता था लोग उसे नहीं सुनते थे। लोग तो अपने धर्म के बंधनों में बंधे थे। लोग तो वही भाषा समझते थे जो उनके धर्मों में थी। और कबीर कह रहा था कि यह सृष्टि अवश्य रहस्य है, पर यह रहस्य सीमाओं में कैसे बांधा जा सकता है। वह रहस्य तो महान है। वह सब ही ईश्वर है। तब कबीर ने कहा था कि यदि वह रहस्य महान है तो मनुष्य को भी दुनिया में अच्छाई करनी चाहिए। कितनी सीधी बात थी। दूसरों का गला काटना वह बुरा समझता था और यह बातें उससे पहले किसी ने नहीं कही थीं। वह परिवार में रहता था, खाता था तो हाथ-पांवों से कमाकर। वह यथार्थ के लिए उतर आया था और उसने समाज की नींवों को बदलना चाहा था। वह तो गरीब था, नीच था। उसके लिए उच्चवर्ण आदर्श नहीं थे, वह उच्चवर्गीय संस्कृति का मोह नहीं करता था। उसके पास सीधी-सादी भाषा थी। वह मानव को सर्वश्रेष्ठ मानता था।

क्योंकि वह मूलतः मानव था। मैं देख रहा हूं, इतनी जल्दी उसके चेलों ने उसके यथार्थवादी शब्द छोड़ दिए हैं, वे उसके पुराने योग, उलटबांसी रहस्य, और वेदांती विचारों पर जोर देते हैं, परन्तु क्या वे उसे डुबा सकेंगे ?

और मुझे याद आ रहा है।

होली की भीड़ थी। लोग झूम रहे थे। कबीर तब युवक था। भीड़ बढ़ती जा रही थी। धीरे-धीरे लोग गुसाई जी के घर की ओर जा रहे थे। वहां भांग का इंतजाम था ! राजा जी के कारिंदे भीड़ के साथ थे। अबीर-गुलाल उड़ रहा था।

गुसाई जी आए। सबने जय-जयकार किया।

कबीर ने देखा। सिर हिलाया। और फिर आगे बढ़कर गाया—

'फूटी आंखि विवेक की
लखै न संत असंत।
जाके संग दस बीस हैं
ताका नाम महंत।

अररर...कबीर...

भीड़ मस्त हो गई।

'और क्या कबीरे... !' एक चिल्लाया।

पर सिर से गीला गुलाल न गिरा। गुसाई के चेलों ने लहू गिराया। गिर गया।

देवीलाल भागा।

नीमा ने सुना तो जीने पर से लुढ़ककर बेहोश हो गई। केवल लोई निर्भय चरण धरती वहीं जाकर रुक गई। उसने कबीर का खून पोंछा।

'तू कौन है ?' एक चेले ने पूछा।

लोई ने उसके लहू की बिंदिया लगाकर सिर झुका लिया।

'ले जा इसे।' चेले ने कहा, 'खबरदार जो फिर इधर आया। जुलाहा ! कमीना। नीच !'

लोई ने सुना। कहा, 'और कह लो पण्डित। पर वह क्या है, यह मैं जानती हूं।'

लोई के बाप ने सुना तो भागा-भागा आया। पर जब वह आया उसने देखा लहू से आंचल भिगोए क्वांरी बेटी बेहोश कबीर को ऐसे लिए बैठी थी जैसे पुरानी ब्याहता हो। बाप को लगा वह सावित्री थी, उसकी गोद में सत्यवान् था।

यों लोई-कबीर एक हो गए।

कबीर बच गया। पर मां न उठी।

सांझ आ गई थी। नीमा खाट पर लेटी थी। लोई सिरहाने गोद में उसका सिर लिए बैठी थी। कबीर बाहर बुन रहा था।

मां ने पुकारा, 'कबीर !'

'आया मां !'

वह भीतर आया।

'क्या है मां !'

मां के मुख पर एक गहरी निस्तब्धता थी।

'यहां आ बेटा !'

कबीर निकट आ गया। मां उसका मुंह हाथ में लेकर देखती रही। शांत अपलक। वे बूढ़ी आंखें प्रभा को लिए एक बार पुलकित हो उठीं और उसने उद्वेगहीन स्वर से पुकारा, 'बेटा !'

'मां !' लोई रो उठी।

'क्यों रोती है लोई ?' मां ने कहा, 'आज मैं जा रही हूं बेटी ! रोने की क्या बात है ?'

पर वह रोती रही। कबीर अवाक् देखता रहा। मां का चेहरा कितना शांत था ! वे आंखें कितनी गहरी थीं ! उन होंठों पर कितनी क्षमता और क्षमा थी !

नीमा ने कहा, 'बेटा !'

'हां मां !' कबीर फुसफुसाया।

'मैं चली जाऊंगी बेटा ! रोना नहीं। मेरा काम पूरा हुआ। अब मुझे दुःख नहीं है। लोई आ गई है न ? वह सब संभाल लेगी। छोटी तो है, पर लड़की में समझ ससुराल में ही आती है बेटा! इसे धोखा न दीजो।'

कबीर आंखें फाड़कर देखता रहा।

मां ने कहा, 'आज तक मैंने नहीं कहा बेटा! पर आज कहती हूं। एक दिन मैं और तेरा बाप नीरू चले जा रहे थे। रास्ते में एक अनाथ, हाल का पैदा हुआ बच्चा पड़ा था। उसे हम उठा लाए और अपना कहकर पाल लिया। बेटा, वही तू है...'

मां का वाक्य पूरा नहीं हुआ। वह सदा के लिए चली गई। लोई फूट-फूटकर रो उठी, पर कबीर स्तब्ध पत्थर-सा बैठा रहा।

लोई ने उसे झकझोरकर कहा, 'रो अभागे ! तेरी मां मरी है।'

कबीर ने उसी मुद्रा में कहा, 'मेरी मां ! वह तो मुझे जन्म देकर छोड़ गई थी। लोई, मैं पाप की संतान हूं...'

वह कितना कठोर दुःख था जो उसके हृदय को मथे दे रहा था।

लोई ने कहा, 'बेदरद ! मां वह नहीं थी, मां तो यह है...'

'तुझे मुझसे नफरत नहीं लोई ?' कबीर ने वैसे ही पूछा, 'मैं तो पाप की संतान हूं...'

लोई हंसी। उस समय लाश पर रोते-रोते वह अचानक हंस उठी और उसने कहा, 'पाप ! कैसा पाप ! ! मुझे तो तू पहले का-सा ही लगता है।'

'लोई... !' कहकर कबीर तब रोया था और उसने नीमा के पांवों को आंसुओं से भिगो दिया था। कितनी महान थी वह स्त्री जिसने एक अपरिचित अनाथ को अपना बनाकर पाला था, उससे एकाकार कर लिया था...

जीवन का नया अध्याय खुला था। कबीर सोचता। कौन होगी वह अभागिन जिसने छाती से टपकते दूध की अवहेलना करके उसे जानवरों के लिए फेंक दिया होगा !

कोई कुमारी ! या विधवा ! !

पुरुष से छली हुई ! !

वह कांप उठा।

प्रसिद्ध महात्मा रामानन्द काशी आए थे। जोगी-जतियों में धूम थी। कबीर ने कहा, 'लोई !'

'क्या है ?'

'मैं उनके पास जाऊंगा।'

'क्यों ?'

'मैं उनका शिष्य बनूंगा।'

लोई ने आंखें उठाकर देखा था और कहा नहीं था कुछ, केवल फिर चरखा संभालने लग गई थी।

कबीर झुंझलाकर चला आया था।

साधुओं की भीड़ में गुरु रामानन्द अपने भव्य मुखमण्डल पर मुस्कान लिए बैठे थे।

कबीर बढ़ने लगा।

एक चिल्लाया, 'कौन है !'

'जुलाहा है।' दूसरा बोला।

'अरे देखता नहीं। कहां बढ़ा आ रहा है नीच !'

'महाराज बैठे हैं।'

कबीर ठहर गया था। उसने पुकारा था, 'महाराज, यह दास शिष्य बनने आया है।'

साधु ठठाकर हंस उठे थे।

रामानन्द ने देर तक देखा था। कबीर निर्मल दृष्टि में भक्ति उंड़ेले दे रहा

था। रामानन्द का हाथ बढ़ा। सब शांत हो गए। कबीर ने प्रणाम करके पांव छूने को हाथ बढ़ाया।

'रुक जा !' रामानन्द ने कहा और फिर जैसे वे गम्भीर चिंतन में डूब गए।

कबीर हाथ बढ़ाए ही रुक गया।

कुछ देर बाद गुरु ने कहा, 'तेरा नाम ?'

'प्रभु ! कबीर।'

'कौन जात है ?'

'जुलाहा हूं।'

'तुझे भगवान ने शूद्र बनाया है जुलाहे। अपना काम कर। वही तेरे लिए धर्म है।'

कबीर को काठ-सा मार गया।

उसने कहा, 'महाराज ! लोग आपके द्वार से निराश नहीं लौटते। क्या राम मेरा नहीं है ?'

गुरु रामानन्द ने सुना तो उठकर चले गए। वे उत्तर नहीं दे सके। और कबीर वहीं बैठ गया। शाम हो गई। वे मंदिर से बाहर नहीं निकले। आते-जाते साधुओं ने पहले तो खिल्ली उड़ाई, फिर उसे धक्का देकर भगा दिया।

भोर की पहली किरन भी नहीं फूटी। गंगा के घाट पर स्वामी रामानन्द खड़े आकाश की ओर देख रहे थे। उन्होंने धीरे-से आकाश की ओर हाथ उठाकर बड़बड़ाया, 'राम, तू किसका है ?'

गंगा हरहरा उठी ! मानो पतिततारिणी ने उत्तर दे दिया। वह तो सबकी थी। रामानन्द सीढ़ी से उतरने लगे।

हठात् उनका पांव अंधेरे में किसी से छू गया।

'राम-राम !' रामानन्द ने कहा—'राम-राम ! राम-राम !'

'कौन ?' रामानन्द ने कांपते स्वर से पूछा।

'गुरुदेव ! मुझे मुक्ति का बीजाक्षर मिल गया।' किसी ने विभोर स्वर से रामानन्द के चरणों पर सिर रखकर कहा।

'कबीर !' रामानन्द का कण्ठ कांप गया। वे रो उठे और उन्होंने उसे वक्ष से लगाकर कहा, 'कबीर ! तू जीत गया कबीर। मुझे तूने अहं और अभिमान, अन्याय और पाप के बंधनों से मुक्त कर दिया। कबीर ! मैं अंधा हो गया था। सारा ब्रह्मांड राम है वत्स। यह भेद मनुष्य के बनाए हुए हैं। उसके लिए सब बराबर

हैं। वही राम तू है, वही गंगा है। राम तो सबका है।'

'गुरुदेव !' कबीर विभोर-सा पुकार उठा था।

गंगा तीर की शांत बेला में प्रभात का समीकरण सिकता पर झूम रहा था।

'राम राम ! राम-राम !' करके रामानन्द नीचे उतर गए। कबीर वहीं खड़ा रहा और जपता रहा : 'राम-राम...राम-राम...'

आज उसे लग रहा था वह मुक्त हो गया था...

रात-भर के जागे नैन लाल हो गए थे। लोई बैठी थी। कबीर लौटा तो पागल-सा था।

'लोई !' वह चिल्ला उठा।

'क्या हुआ ?' लोई चौंक पड़ी।

'मुझे गुरु रामानन्द ने शिष्य बनाया लोई ! मुझे राम मिल गया। मैं मुक्ति का अधिकारी हो गया।'

लोई मुस्करा दी। धीरे से कहा, 'मुझे तू वैसा ही लग रहा है कंत जैसा पहले था। क्या ब्राह्मण के मना कर देने से राम तेरा नहीं था ? क्या उसके छूकर कह देने से ही तू मुक्त हो गया ?'

कबीर ने सुना तो देखता ही रह गया। अवाक् निस्पन्द...

लोई ने फिर कहा, 'यह बच रहा है, इसे बुन ले, सुबह को चून भी नहीं है, क्या आज राम को भूखा ही रखेगा ?'

कबीर ने सिर झुका लिया।

कमाल के जन्म से पहले की बात है। कबीर के घर साधु आने लगे थे।

आकाश में बादल घिर रहे थे। किसी ने द्वार थपथपाया।

'कौन है ?' कबीर ने पूछा।

लोई ने द्वार खोला। एक बूढ़ा साधु था।

'पधारो महाराज !' कबीर ने कहा, साधु भीतर आ गया।

परन्तु लोई के चेहरे पर उदासी आ गई। आज वे दोनों भूखे सो रहे थे। किन्तु अतिथि भूखा कैसे रहेगा ? लोई चुपचाप चली आई। जब लौटी तो आटा था। साधु की सेवा हुई। साधु चला भी गया। पर लोई जहां बैठी थी वहीं बैठी रही।

कबीर ने कहा, 'बचा है कुछ लोई ?'

'हां।'

‘तू खा ले।’

‘नहीं, तुम खा लो।’

पर फिर दोनों खाने बैठे। लोई हठात् कबीर के वक्ष पर सिर रखकर फूट-फूटकर रोने लगी।

‘क्या हुआ ?’ कबीर ने कहा।

लोई कह नहीं सकी। अन्त में कबीर ने सुन ही लिया।

बोला, ‘फिर ?’

लोई ने कहा, ‘वचन दिया था तो क्या हुआ ! पाप निभाना मुझसे नहीं होगा।’

कबीर ने कहा, ‘पाप ? पाप उसे समझना ही पाप है लोई ! घर में नाज नहीं था। अपने पेट के लिए नहीं था, हमने भीख नहीं मांगी। पर दूसरा आया। उसका तो पेट भरना अपना धरम था। हम भी क्या धनी अमीरों की तरह आंखें फेर लेते ? तू नाज मांगने गई। जिसने नाज दिया। उसे तेरा रूप अच्छा लगा। उसने बदले में तुझे मांगा। तू हां कर आई तो फिर वचन निभा लोई।’

‘नहीं, नहीं,’ लोई रो पड़ी।

कबीर ने हंसकर कहा, ‘पगली ! तू समझती है मैं तुझसे तब घिन करूंगा ! क्या चाहता है वह सेठ ? तेरी जवानी से खेलना चाहता है न ! खेलने दे उसे, क्योंकि तूने वचन दिया है। तू पाप के लिए उसके पास नहीं जाती लोई। पाप तो उसमें है। तू पवित्र है। तू अपने लिए नहीं, दूसरे के लिए भीख मांगने गई थी। आज तो कोई जवानी ही चाहता है। कल को कोई सिर भी मांग बैठा, तो क्या तू हट जाएगी ?’

भयानक वर्षा हो रही थी। कबीर ने लोई को टाट ओढ़ाकर कंधे पर बिठा लिया था।

जब वे सेठ के घर पहुंचे तो कबीर द्वार पर बैठ गया। लोई ने द्वार खड़खड़ाया। सेठ अंधा और पागल था। वासना चिल्ला उठी, ‘लोई।’

लोई दृढ़ खड़ी रही। कहा, ‘मोल चुकाने आई हूं। वचन दे गई थी न !’

सेठ ने देखा। लोई निर्भय खड़ी थी। वह समझा नहीं। घबराया भी। उसने कहा, ‘तू भीगी नहीं लोई ? बाहर तो मूसलाधार पानी गिर रहा है।’

‘मुझे मेरा कंत कंधे पर बिठाकर लाया है।’

सेठ ने सुना तो चार हाथ पीछे हट गया। वह घुटनों में मुंह छिपाकर बैठ गया और रोने लगा। लोई पास चली गई। कबीर ने सुना। सेठ ने कहा, ‘लोई, तू मेरी मां है, तू मेरी मां है।’

कबीर द्वार पर आ गया और उसने कहा—

'पहले यह मन काग था

करता जीवन घात

अब तो मन हंसा भया

मोती चुंगि चुंगि खात।

कबिरा मन परबत हता

अब मैं पाया कानि

टांकी लागी शब्द की

निकसी कंचन खानि।'

दूसरे दिन काशी में चर्चा चल पड़ी। नगर का प्रसिद्ध सेठ आया और कबीर के सामने उसने साष्टांग दंडवत् की और पांव पकड़कर कहा, 'गुरु ! मेरा प्रायश्चित बताओ।'

कबीर ने मुस्कराकर कहा, 'प्रायश्चित्त एक ही है रे धनी। करेगा ?'

'आज्ञा हो गुरु।'

'माया तेरी शत्रु है। उसका दास नहीं बन। खाली राम-राम करने से लाभ नहीं होगा—

'जो जल बाढ़ै नाव में

घर में बाढ़ै दाम

दोऊ हाथ उलीचिये

यहि सज्जन कौ काम।

'जा ! दीनों की सेवा कर ! नारी का सम्मान कर !'

सेठ पांव छूकर चला गया।

लोई ने देखा तो कबीर के चरणों पर सिर धरकर प्रणाम किया। कबीर ने कहा—

'सेज बिछावै सुन्दरी

अन्तर परदा होय

तन सौंपे मन दे नहीं

सदा सुहागिन सोय !'

कबीर अधेड़ावस्था को पार कर रहा था। जीवन-भर मेहनत-मजदूरी करने से उसके शरीर में अब भी बल था। माथे पर बाल कुछ सफेद हो गए थे। लोई के कानों

पर लटें सफेद हो गई थीं और कमाल तब तरुण था।

दरबार भरा हुआ था। सारी काशी इकट्ठी हो गई थी। सुल्तान सिकन्दर लोदी सोने के सिंहासन पर बैठा था।

सामने कबीर लोहे की जंजीरों में बंधा मुस्करा रहा था। असंख्य प्रजा हरहरा रही थी।

मीर मुंशी के कह चुकने पर निस्तब्धता छा गई। अपनी नुकीली नाक पर तराजू की तरह गिद्ध जैसी आंखें उठाकर सुल्तान ने कठोर स्वर से पूछा, 'यह सच है जुलाहे कि तूने रिआया को भड़काया ?'

लोदी हिंदी बोल रहा था।

'मैंने नहीं भड़काया सुल्तान।' कबीर ने उत्तर दिया, 'यह गलत है।'

काजी उठा। उसने कहा, 'हुजूर, मुझे इजाजत हो तो मैं अर्ज करूं !'

'कहो !' सिकन्दर ने कड़कती आवाज में कहा।

लोई ने देखा। कमाल ने सुना, काज़ी ने कहा, 'यह जुलाहा लोगों से कहता है कि नमाज़ी झूठे हैं। मुसलमान हत्या करते हैं। गाय काटते हैं। यह मुसलमानों के खिलाफ नफरत पैदा करता है।'

सिकन्दर ने गरजकर कहा, 'सुनता है ?'

तब कबीर ने हाथ उठाया। उसके हाथ में बंधी लोहे की शृंखला झनझना उठी। उसने कहा, 'मैं किसी से नफरत नहीं करता। हिन्दुओं में वर्णाश्रम व्यवस्था ने इन्सान को इन्सान से बांट दिया है। उनके अवतारों की कथाओं ने जनता को रूढ़ियों में फांस लिया है। मूर्तिपूजा के नाम पर मंदिरों में लूट मची हुई है। जैनी और बौद्ध ईश्वर को नहीं मानते, पर उनके आचरण किसी भी तरह हिंदुओं से कम रूढ़िवादी नहीं हैं। जोगी संसार में रहकर भी दूसरों की कमाई पर पलते हैं। एक दिन मैं भी उनकी रहस्य की बातों से, हठयोग से प्रभावित हुआ था। पर वह सहज नहीं था, उसका अंत पाखंड ही है। मैं इन सबको नहीं मानता। लोग कहते हैं, जंबूद्वीप का धर्म सनातन है, वेद भगवान का बनाया है, मैं इसे भी नहीं मानता। वे सब कहते हैं कि मैं नीच हूं और मुसलमानों का दोस्त हूं। और तुम मुझे मुसलमानों का दुश्मन समझते हो। तो सुनो। मैं तुम्हारी तेग से डरता नहीं। क्या तुम्हारा मजहब यही है कि तुम बेकुसूर जानवरों को काटकर खाओ और रोजे-नमाज का ढोंग करो ?'

सिकन्दर चिल्लाया, 'जुलाहे ! !'

कबीर ने कहा, 'तू मुझे रोक लेगा सुल्तान ? विधाता भी मुझे नहीं रोक सका। मेरा सहारा बचाने वाला है। अगर ब्राह्मणों, जैनों, जोगियों, शाक्तों, बौद्धों

और कापालिकों का बस चलता तो वे कभी का मुझे मार देते। पर मेरे साथ ये थे...'

कबीर ने गरीबों की भीड़ की तरफ हाथ उठाया और कहा, 'इन्होंने मुझे बचाया। पंडों, मठाधीशों के गुर्गे मुझे मार नहीं सके। और तुम मुहम्मद का नाम लेते हो, कुफ्र को खतम करने के नाम पर मंदिरों का सोना लूटने के लिए मजहब की आड़ लेते हो ? तुम्हारे मुल्ला तुम्हें खींचकर हिमायत के लिए लाए हैं ? हम गरीब थे, हैं। जैसे हिन्दू राजा थे, वैसे तुम हो। और तुम ? लोगों को बहकाकर मुसलमान बनाते हो। उससे क्या फरक पड़ता है ! तुम सब इन्सान को इन्सान नहीं रहने देना चाहते...'

सिकन्दर ने सुना। भीड़ चिल्लाई, 'कबीर की...'

'जय...'

'कबीर की...'

'जय !'

उस अपराजित साहस को देखकर सिकन्दर लोदी मन ही मन थर्रा गया। उसने काजी की ओर देखा।

काज़ी ने कहा, 'हुजूर ! यह बागी है।'

'जानता है इसका नतीजा !' एक मुल्ला चिल्लाया।

कबीर ने मुड़कर कहा, 'कौन-सा नतीजा है। जिससे डरकर मैं झूठ बोलूं ?'

लोई ने चिल्लाकर कहा, 'कंत अमर है। तू गरीबों की आन है।'

सिकन्दर मुड़ा। पूछा, 'कौन है यह औरत ?'

'हुजूर' काजी ने कहा—'इसकी बीवी है।'

सिकन्दर के माथे पर बल पड़ गए।

लोई कह रही थी, 'मार डालो। डराते किसे हो ? अरे इस देश की धूल में जाने कितने हुकूमत करने वाले सिर पटककर मर गए। पर गरीब अमर हैं। मेहनत और ईमान की कमाई खाने वाला कभी नहीं मर सकता।'

कबीर के होंठों पर मुस्कराहट आ गई। वह चिल्लाया, 'भाइयो, कायर की मौत करने से तो बहादुर की मौत मरना अच्छा है। हमारे देश में वही अपना है जो आदमी की आजादी के लिए खड़ा है। यह मुसलमान ही नहीं, इन्सान और इन्सान के बीच दीवार खड़ी करने वाले पण्डित, जोगी, जती, जैन, बौद्ध, शाक्त सब विदेशी हैं। वे धरम के नाम पर ऊंच-नीच बनाकर लूटते हैं। मैं वह नहीं हूं जो इस देश के ऊंच-नीच वाले कायदों को मानकर सिर झुका दूं और उसे अपना हिन्दू धरम कहकर इस्लाम को विदेशी कह दूं। मेरे लिए तो सब गलत है। यह सब

धोखा है। ये सब जड़ता और घृणा पर पलने वाले सिद्धांत हैं, जो गरीबों को गरीब और लुटेरों को लुटेरा और हरामखोर रखते हैं।'

कोलाहल होने लगा। सुल्तान क्रोध से व्याकुल हो उठा। उसने चिल्लाकर कहा, 'जुलाहे ! तेरी मौत तेरे सिर पर मंडरा रही है।'

कबीर ने हंसकर कहा, 'सुल्तान ! पलटकर देख ! कोई इस धरती को ले गया है ? इस धन और हुकूमत के हाथों तू बिक चुका है। अब तू नहीं बोलता, तेरा झूठा अहंकार बोलता है। मैं मरूंगा जरूर, कल नहीं अभी, पर तू तो अमर ही रहेगा न ? नादान—

'माली आवत देखिकर

कलियन करी पुकार

फूले फूलेचुन लिए

काल्हि हमारी बार।

'तू मुझसे डराता है। तेरे यह सिपाही मुझे क्या मार सकते हैं ? मेरा मैं तो कभी का छूट गया, जब डरने वाला ही नहीं रहा, तो फिर मुझे किसका डर है ?'

भीड़ चिल्लाई, 'जय कबीर !'

उस भीड़ में मुसलमान भी थे, लेकिन गरीब।

काजी ने कहा, 'हुजूर, मुसलमान भी इनके साथ हैं !'

सिकन्दर लोदी खड़ा हो गया और सामने कबीर बंधा खड़ा था। सोने के सिंहासन पर खड़े हुए, खड़खड़ाते वस्त्रों से सुरक्षित लोदी के चिंतित माथे पर बल पड़ गए थे। कबीर उनके बीच में लोहे की जंजीरों में बंधा हुआ भी मुस्करा रहा था। कमाल ने देखा, लोई निडर थी, जैसे वह आज कबीर पर न्यौछावर थी।

लोई चिल्लाई, 'सुल्तान ! तेरा पाप तुझे डरा रहा है। देख ! तेरे सामने वह किस शान से खड़ा है। सत्य के तेज ने उसे आग बना दिया है। और तू सोने के सिंहासन पर चढ़कर भी मिट्टी ही बना रहा !'

सिकन्दर सह नहीं सका, उसने इंगित किया और देखते ही देखते मस्त हाथी छोड़ दिया गया। भीड़ कांप गई। कबीर निर्द्वन्द्व खड़ा रहा।

हाथी चिंघाड़कर बढ़ने लगा।

कमाल आगे बढ़ा। उसी समय सिकन्दर लोदी थर्रा उठा और सिंहासन पर लड़खड़ाकर बैठ गया। भीड़ विक्षुब्ध हो उठी थी। लोई झपटी और हाथी ने सूंड में लपेटकर फेंक दिया। वह कबीर के चरणों पर अचेत-सी गिर गई। भीड़ नहीं रुकी। सैनिकों से युद्ध होने लगा। इस भीड़ में गरीब थे, वे हिन्दू भी थे, मुसलमान भी, जुगी भी, जुलाहे भी।

काज़ी ने कहा, 'हुजूर, मुसलमान मुसलमान से लड़ रहा है।'

पर भीड़ बढ़ती ही गई। सुल्तान और सेना पीछे रह गए। कबीर और कबीर के चरणों पर लोई को गरीबों की सौ-सौ गज मोटी दीवारों ने अभेद्य कवच की भांति घेर लिया।

सिकन्दर क्रुद्ध-सा लौट गया। आज वह हार गया था। बगावत को कुचलने के लिए मुंह खोलने के पहले उसे खेमे में खबर मिली कि चंदवार ठाकुरों ने भयानक हमला किया है, और किसी भी क्षण लोदी नेस्त-नाबूद हो सकते हैं। उसने उसी वक्त फौजों को लौटने का हुक्म दे दिया।

भीड़ खड़ी थी। मैं कमाल कह रहा हूं। सुनते हो ! ! मैं कमाल पुकार-पुकारकर कह रहा हूं। लोग कहते हैं, कबीर को चमत्कारों ने बचा लिया। पर सचाई नहीं कहते कि उसे काशी की जनता ने जान हथेली पर रखकर बचा लिया।

मैंने व्याकुल स्वर से पुकारा, 'मां ! अम्मां ! तू चली गई ?'

पर दादा शांत थे। उनके मुख पर दिव्याभा थी। उस असंख्य भीड़ में वे सहसा गा उठे—

'पतिबरता पति को भजै

और न आन सुहाय

सिंह बचा[1] जो लंघना

तो भी घास न खाय।

सती बिचारी सत किया

कांटों सेज बिछाय

लै सूती पिय आपना

चहुं दिसि अगिनि लगाय।

चढ़ी अखाड़े सुंदरी

मांड़ा पिउ सों खेल

दीपक जोया ज्ञान का

काम जरै ज्यों तेल।'

भीड़ रोने लगी। मैं तो आंखें ढंककर बैठ गया। तब पिता ने विभोर कंठ से गाया। जैसे वे अपने-आपको भूल गए थे—

'हूं बारी मुख फेरि पियारे।

---

1. बच्चा

करवत दे मोहिं काहे को मारे।

करवट भला न करवट तेरी

लाग गरे, सुन बिनती मेरी।

हम तुम बीच भया नहिं कोई

तुमहिं सो कंत नारि हम सोई।

कहत कबीर सुनो नर लोई

अब तुम्हरी परतीत[1] न होई।'

भीड़ का विह्वल हाहाकार और फिर विक्षोभ का फूटता हुआ ज्वार, सब कभी जयजयकार बन जाते, कभी धुआंधार कोलाहल।

मैंने देखा। उस क्षण वह ज्ञानी कबीर, सुल्तान को चुनौती देने वाला कबीर, अत्यंत तन्मय दिखाई दे रहा था।

मैंने कहा, 'दादा ! अम्मां चली गई।'

'नहीं बेटा ! वह तो कबीर बन गई। अब कबीर चला गया।' पिता ने कहा।

लोग उसे उठाने आए। वे जुलूस निकालना चाहते थे। पर पिता ने कहा, 'नहीं। लोई को मैं लाया था। मैं ही ले जाऊंगा, क्योंकि वह आज मेरे भीतर समा गई है—

'सूरा के तो सिर नहीं, दाता के धन नाहिं

पतिबरता के तन नहीं, सुरति बरै पिउ मांहि...'

और पिता ने लोई को हाथों पर उठा लिया। वे आगे बढ़े और पुकार उठे—'गाओ, आज लोई के लिए गाओगे नहीं ?'

और हजारों की भीड़ शमशान की ओर गाती हुई बढ़ चली—

'ऐरी घूंघट के पट खोल

तोहे पिया मिलेंगे...'

उस समय मुझे लगा था कि कबीर जैसा मनुष्य तब तक इस देश में हुआ ही नहीं था, यह कैसा नया मनुष्य था, अपराजित, अनिन्द्य, महान, निष्कलंक...

और भीड़ गाती जा रही थी, गाती जा रही थी...

●●●

---

1. विश्वास

www.ingramcontent.com/pod-product-compliance
Lightning Source LLC
LaVergne TN
LVHW040219180726
843492LV00011B/470

9 788170 287186